吸血鬼は僕のために姉になる
A vampire become an older sister for me.
景 詠一
illustration みきさい
JN031648

「あのね、日向クン！
いつでも『お姉さん』って
呼んでいいからね!?
もしくは『姉さん』『姉ちゃん』！
ちょっと恥ずかしいなら
『姉貴』とか!! ね!?」
ハドソン
日向が最初に出会った
【幻想種】。
霧雨《きりさめ》セナ
丘の上の屋敷に住む、
吸血鬼と噂されている
女性。

「あの、セナさん……
もうちょっと離れてもらえませんか？」
佐伯《さえき》
日向と中学生の頃からの
付き合いであるクラスメイト。
波野日向《なみのひなた》
身寄りを亡くしてセナに
引き取られた高校生。
桐生心音《きりゅうここね》
日向の幼馴染みで、
クラスで人気の美少女。

「でも照れなくてもいいのよ？
家族だもの」
彼女は自分の姿を
理解しているのだろうか。
誰がどう見ても
彼女はとても美人だ。
首筋に触れかける体温が、
僕の鼓動を速くさせる。

「近い？」
「……ええ、とても」

「日向クン、前も……いいかしら」
「……はい」

大きく唾を飲みそうになるのを堪え、僕はなるべく見ないように背中側から前面にタオルを当てた。
首元を拭きとり、下へ動かしていくそれはやがて膨らみを捉える。
「んっ……！」

contents

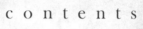

ダッシュエックス文庫

吸血鬼は僕のために姉になる

景 詠一

プロローグ

Prologue

丘の上の屋敷には、盲目の吸血鬼が住んでいる。
そういう噂《うわさ》を聞いたのは、僕がとても小さな頃だ。

小学校に上がったくらいの時。遊びに行った祖父の家の近くに、そんな噂が存在していた。

大人たちはそんなことを信じない。「ありえない」と口を揃《そろ》えて子供を諭《さと》す。

それが普通。それが当然の教育。

だけど子供に限っては、そうじゃない。

僕は近所の子供たちに交ざって、その屋敷の前まで向かった。

子供だけの冒険。小さな記憶の、忘れがたい一ページ。

幼い好奇心に満ち溢《あふ》れた、輝ける衝動。

結局、高い鉄の柵に阻《はば》まれて僕らの冒険は幕を閉じるのだけれど。僕は、僕だけは見た。

屋敷の二階、半分だけカーテンのかかった窓際《まどぎわ》。白い髪の影が、ひっそりと僕らを眺めていたこと――。

他の子供たちは信じず。僕も雰囲気に流されて錯覚だったと考え、仕方なく帰路に就《つ》いた。

帰ってくるなり父と母に怒られたのがその日の記憶の最後。危ないことをするもんじゃないなんて言われて、涙をこらえるしかなかった。


それから、六年後。

僕の両親は旅行先で突然行方《ゆくえ》不明になった。

死体もない。何もない。ただ、事故に巻き込まれたらしい。

だけどそんな細かいことはどうでもよくて、成長途中の子供であった僕にはただ家族がいなくなったという現実しか受け止められなかった。

両親が行方不明になり、身寄りのない僕はその後、祖母を亡くして独り身だった祖父のもとに引き取られた。

他の家に比べれば、決して満足のいく生活があったわけじゃないかもしれない。祖父は寡黙《かもく》な人だったし、仕事人間だったので家事はほとんどできなかった。

それでもどうにか生きられる場を与えてくれて――不器用ながらも僕をずっと大事にしてくれたことは、心から理解している。

祖父は、僕にとって温かい世界の最後の象徴だった。

象徴、だったのだ。

「…………」

思い出しながら、僕は傾斜の緩《ゆる》やかな坂道を一歩ずつ進んでいた。

手には強く握りしめすぎた真っ白な紙。今日のような暑い日に亡くなった祖父が、最期《さいご》に僕へ託していたらしい遺書だ。

最後の肉親を亡くして。いよいよ施設にでも預けられるのだろうと考えていた僕に、唯一残された身を寄せるべき場所を指し示す道標《みちしるべ》。

「……本当に、ここ……？」

わずかな荷物を携《たずさ》えて、静かに呼び鈴を鳴らす。

軽い音。遠くに響く電子音。何の変哲もない、ありふれた音色。

それでもきっと、すべてが変わってしまう予感を僕は持っていた。

今までの日常を引きちぎり、破れた部分から再生する新しい組織はもう、これまでのものではない。

「――――ああ、待っていたわ」

たったその一部から、すべてを巻き込んでいくうねりなのだ。

「ようこそ、霧雨《きりさめ》の家へ。私は……」

「霧雨セナ、さんですよね。全部、祖父から聞いています」

「……ふふ、そうね。私もあなたのことは秀継《ひでつぐ》から聞いているわ。波野日向《なみのひなた》クン」

外見は僕よりも少し年上の二十歳《はたち》前後に見えた。

ただ年齢に相応《ふさわ》しくないほどに真っ白な髪の毛と、驚くほどに赤い目。そして──前を確かめるように足元を叩《たた》く杖《つえ》。

夜の透き通る美しさに似た麗《うるわ》しい容姿は、僕以外でもきっと鼓動を速くさせる。

この屋敷は、緑が豊かな丘の上。

噂に聞いた吸血鬼が住まう土地。

天涯孤独の僕が託されたのが、この場所だった。

周囲には普通の町並みが広がっている──のに、どこか隔絶されたような、この場所が。

「さ、入って。今日からここがあなたの家よ」

はっきりとこっちが見えているのか、いないのか。

だが彼女はまっすぐにこちらへ手を伸ばした。

迷わず、躊躇《ためら》わず、ここにいる僕のために。

「……はい」

ややあって、ぎこちなく僕は答えた。

人を未来へ押し上げていくのが過去であるのならば、僕には何があるだろう。両親も祖父もいなくなった過去は、僕の背を押してくれるだろうか。

そういう不安とか、虚無感とかを孕《はら》んだまま、僕のここからは始まる。


「よろしくお願いします」


舌はちゃんと回っていただろうか。変に上ずっていなかっただろうか。

過去をほとんど失った僕だけど、どうにか踏ん張って歩を進めてみる。

僕の行く末を案じた祖父のために。僕の存在を受け入れてくれた彼女のために。


「いいのよ、頭なんて下げなくて。これから家族になるんだからね？」


——言い忘れたことをいくつか。

これは本当に始まりであり、知らなかったことを知り続ける物語。

失ったと思った僕を包み込む世界の日々の物語。

世界に隠れ続けた幻想と、世界に生まれ続けた虚構。

それらに捧《ささ》げる、愛の物語だ。

「？」

「あ、そうそう」

「あなたの部屋は用意してあるわ。二階の端の……あ、えっと案内した方が早いわよね？　ごめんなさい、あんまり人と接する機会がないから……あの、困ったことがあったら何でも早く教えてね？　お姉さんできる限りやってあげるから！　それよりもまず疲れてない？　お風呂を沸かしているからすぐに入れるわ。今日のために新しいタオルも全部用意したし、これから必要な日用品は何でもそろえたつもりだから足りなかったらいつでも言って――」

「…………あ、はい」

それと、そう。

やたらと世話好きな、噂の吸血鬼のいる物語だ。

❶ 盲目の吸血鬼

いろいろなことが起こる、から。

いろいろなことが必ず待っているだろうから、まずは僕の身の上を語らなければならない。

名前は波野《なみの》日向《ひなた》。下の名の読みはよく『ひゅうが』と間違えられるが『ひなた』だ。

ぼさぼさした髪の毛を除けば、特徴はない人間と言える。

両親が行方《ゆくえ》不明になってから、祖父である波野秀継《ひでつぐ》の家に引き取られ、彼が亡くなる高二の夏まで一緒に過ごしていた。

頑固者で言うことを聞かず、時折耳の遠い振りをして面倒くさいことを聞き流す。先立った祖母は、そんな結構自分勝手な祖父に手を焼いたらしい。

だが、だけども祖父は決して悪い人じゃなかった。

家族や親しい人。そういう存在は絶対に裏切らず守ろうとする人だったと僕は理解している。

家事の一切合切《いっさいがっさい》はほぼ僕が引き受けたが、できないなりに自《みずか》ら進んでする人だったし、無駄遣《づか》いしなければ、お金には不自由しないようにやってくれた。

その他諸々《もろもろ》――今の僕が生きることにおいて重要なパーツを与えてくれたのは波野秀継。それが、一生涯変わることはない。

さて、もう一つ伝えなければならないことがある。霧雨《きりさめ》セナについてだ。

結論として、例の噂《うわさ》は真実であったと言うほかない。

霧雨セナは、間違いなく吸血鬼であったということだ。

「ああ、あの噂は全てが正しいわけじゃないわよ。私は盲目の吸血鬼ではなくて、ひどい弱視なだけだから少しは見えているの」

とは、セナの弁である。

学校側には忌引《きび》きに加え、他人の家に引き取られるという様々な状況が重なったため、少し長めの休みをもらっている最中だ。

休み明けの溜《た》まった課題がとても心配だが、とにかくこの会話は土曜の夜の話である。

セナはひどい弱視にもかかわらず、家事に関してはほとんど問題ない。

――むしろ、家の中であるなら彼女にできないことはまずなかった。

僕も家事には多少の自信があったのだが、彼女はそのほとんどにおいて上手《うわて》だったのである。

たとえば、料理の腕前一つとっても、彼女に勝てるのに何年必要かわからない。

「あの、セナさん」

「何かしら？」

「その……もうちょっと離れてもらえませんか？」

「近い？」

「……ええ、とても」

霧雨セナは僕の真横で食事をとっていた。

テーブルはとても広いのに彼女は真横。話しかけてくる時は息が吹きかかるくらいに近い距離まで顔を寄せる。

彼女曰《いわ》く『癖《くせ》』。

目があまり見えないからこそ、余計に近づいて表情を見たくなるとのこと。

だが、彼女は自分の姿を理解しているのだろうか。誰がどう見ても彼女はとても美人だ。

首筋に触れかける体温が、僕の鼓動を速くさせる。

「でも照れなくてもいいのよ？　家族だもの」

「家族でも、遠慮はありますよ」

「そうなの？　ううん……そうなの？」

セナは二度も確認したうえで、少し残念そうに身を引く。

「そうだ、話がずれたわ。目の見える見えないは置いといて、本当に吸血鬼かどうかが気になるのよね？」

「えぇっと……まあ、噂になっていたので？」

子供の時から伝わる噂。

こんなことになったからこそ、会話の種になるかと思って問いただした結果が冒頭あたりの部分である。

まさかそんなことなんてあるわけない。ましてやこれからお世話になる人に吸血鬼だなんて失礼だろう——と思っていたが。

「噂通り、私は吸血鬼だけど？」

これである。

これが冗談ならば、もう少しいたずらっぽく言うだろう。そして『……なんて、騙《だま》された？』とか、そんな言葉が続くと思う。

だが、そんなそぶりは一切見せずに彼女は肯定する。

さも当然のように言う様は「髪切った?」「ええ、そうよ」という日常会話における相槌《あいづち》とほとんど一緒だ。もしくは、訊かれ慣れているのか。

「ああ、だけれどね?　本当に申し訳ないんだけど……純血じゃないの。私の血は半分だけなのよ。半吸血鬼《ハーフヴァンパイア》というやつね」

「ええっと……?」

たぶん——おそらく——もしかすると——彼女はとても真面目《まじめ》に答えてくれているのだろう。家族だから、隠し事をしない。というつもりなのかもしれない。

「ねぇ日向クン。秀継から何も聞いていないの?」

「何を、という点はわかりませんが、少なくとも吸血鬼なんてことは聞いてないですね」

ふいと首を真正面に向ける寸前。セナは視線を落として呟《つぶや》いた。

「そう……秀継は、やはり何も言わなかったのね。言わないまま育てたかったのね……」

悲しそうに漏《も》らされる声は、顔色がどんなものなのかはっきりと感じさせる。

こうした姿を……喜怒哀楽のはっきりしている姿を見ると、やはり吸血鬼なんて恐ろしい伝承上の怪物とは思えない。

容姿に関しては、日本人離れした真っ白な髪の毛は、まあ——染めているのならばおかしくないにせよ、顔つきからして西洋の人に見える。

祖父である波野秀継を呼び捨てで親しげに話しているけど、彼女の見た目と祖父の年齢はかなり釣り合わない気がするのだが——うん、きっと生前に僕も知る由《よし》がない親交があったのであれば納得できる。とはいえ、再確認だ。念のためである。

「本当に……吸血鬼なんですか？」

「ええ、そうよ」

駄目だ、これじゃ繰り返しだ。

（だけど、信じられる要素がなさ過ぎる……）

彼女は吸血鬼だと名乗るくせに吸血鬼らしいところは何一つない。半分だけ人間だからと笑って喋《しゃべ》るが、重要なのはそこじゃない。

食事の時も好きなものは蒸した鶏《とり》料理だと言ったし、晴れの日は散歩が日課だと微笑むし、夏場の疲れる日にはニンニクも少し食べると恥ずかしそうにはにかむ。

故《ゆえ》に吸血鬼というイメージを基《もと》に考えるなら、セナは何一つらしくない。

見た目はともかく、どこをとっても一人の人間の女性。それ以外とは思えない。

「……はあ」

時間は少し経《た》ち、白い湯気の立ちこめる浴室天井を見上げる。

すぐに思い返すセナとの会話の数々。まだまだ底の見えない、だけど優しげな彼女の表情が浮かんでは煙に紛《まぎ》れていく。

（気持ちいい……）

風呂は好きな時に入って構わないと言われていたので、僕はお言葉に甘えて体を沈めていた。

広い浴槽だ。祖父の家とは、何もかも違う。

一度体を洗いに湯船から出て、肌を泡で満たしていく。

（セナさん……吸血鬼なんて、やっぱりからかって遊んでいるのかな……？）

彼女の優しさがああいう冗談を言わせているのかもしれないが、その可能性はある。

祖父の弱りようから覚悟はしていたが、彼を失った寂《さび》しさは心を痛めに痛めつけた。

そういう天涯孤独の身になった少年に対して心遣いをしたい、というのが大人なのだろう。

両親がいなくなった時も似たことがあったから、僕は経験上わかっている。

彼女は優しいいし、なんでそれほどまでにと思うけれども、僕を大事にしてくれている。

……でも心はそう簡単ではなく、今でも僕の胸中には面倒な感情が入り混じっている。

天涯孤独というのは身内がいないという意味ではあるが――同時に、自分という存在の最初期から全てを知る人がいなくなったということでもある。

祖父の死をきっかけに、僕は自分の過去を大きく失ったように思えた。

持っていかれ過ぎた。僕は思った以上に、祖父に存在意義を依存していたのかもしれない。

だからこんなにも不明瞭《ふめいりょう》な焦燥《しょうそう》感が胸を焦《こ》がすのだ。

口にも声にも名詞にもならない、淀《よど》んだ気持ち悪さがぐるぐると回り続ける。

差し伸べられた優しい手と言葉すら、癇癪《かんしゃく》交じりに払いのけたくなるほどに。

「……はあ」

ため息をまた一つ、濁った自分の迷いを泡ごと洗い流す。

排水口に流れていく泡と水。僕の気持ちも、同じようにどこかへ消えていけばいいのに。

僕は次にシャンプーへ手を伸ばして静かにノズルを押す……前に、背後に気配を感じた。

振り返った曇りガラスの向こう、脱衣所に人影が見える。セナだ。

僕は安心して首を真正面に戻した。が、次の瞬間。

「あれ……誰……？」

透き通る誰かの声の後。気配は、やけに鮮明になった。

背筋に感じる室外からの冷気が、僕を再度振り向かせ――。

「――セ、セ、セナさんっっ⁉」

薄く湯気のかかった浴室――一糸《いっし》纏わぬ霧雨セナを見る。

「え？　日向クン……あ、あああっ⁉」

セナは片手に持っていたタオルを広げて、わずかばかりでも体を隠そうと努力していた。

「ご、ごめんなさいね！　ずっと一人暮らしだだし、泊まるお客さんもいなかったから⁉　それに日向クンにしてあげたいこといろいろ考えてて！　……だからってお風呂に入ってることも気づかないなんてドジを――！」

「いいですから早く服着てくださいｌ？　というか出てくださいｌ！」

焦《あせ》りと驚きで暴れまわる呼吸、そしてほぼ無理やり閉じたガラス戸。

俯《うつむ》いた僕に、たった今の光景が蘇《よみがえ》る。

白い壁の室内、纏《まと》められた髪も肌もそれらに混じっているようだったけれど。

（……ほぼ全部見ちゃった）

頭からつま先まで。何が、とは言わないが。

さっきまでの迷いが麻痺《まひ》したかのようだ。

慌てて目を背けたつもりだが、わずか残ったセナの姿が瞼《まぶた》の裏に張りついていた。


「あの……日向クン。さっきはごめんなさいね……」

風呂から上がって、いろいろな意味で火照《ほて》った体を冷ます前にセナが頭を下げに来た。

「いえ……大丈夫です。こちらこそすみませんでした」

見てしまったのは僕だから、謝るべきなのはこちらである。

問題なのは謝ろうとすると、即座に彼女の姿が脳裏を走り抜けることなのだが……。

（こんな調子で大丈夫なのかな……）

これから一緒に過ごしていくにあたって、強すぎる刺激だ。

「ねぇ日向クン」

呼びかけられてはっとなる。彼女の話はどこから聞いていなかっただろうか。

「日向クン、そろそろ寝るわよね？　このあたりの夜は少しだけ冷えるからタオルケットだけじゃなくて掛け布団も用意してあるわ——あ、えっと……本当はきちんとした冷暖房があればいいんだけれど、うちはエアコンとかなくてその……ご、ごめんね？　要望があったら何でも応《こた》えるから……」

「……お構いなく。その、大丈夫です」

「な、なんだったら私のベッドで一緒に寝ても……！」

「お、お構いなく!?　本当に大丈夫ですからっ！」

過度な心遣いに関しては、大人だから、という理由だけじゃない気がする。

こういう優しさもあって、やはり彼女を吸血鬼とは思えない。心からそう思う。

とにかくそんな彼女をどうして吸血鬼と認めることができたのか。

僕が霧雨家に引き取られた翌日の朝のことだ。


霧雨家の朝はとても静かだった。

丘の上にある家は森に囲まれ、小鳥のさえずりで目を覚ました。こんな経験ができるのは、もっと自然豊かな土地だと思ったが、そうではないようだ。

「…………」

天井を見渡して、ここにいる僕を確認した。

眼球を上下左右に。指先まで神経を通わせる。纏わりついていた掛け布団を引きはがして、ひんやりとした板の間に足を下ろす。

名前は？　──波野日向。

家族は？　──いない。

過去は？　──ほぼ、ない。

ここは？　──霧雨家。

自称、吸血鬼のお屋敷。

丘の上の、人がほとんど来ない家。

「……セナ、さん」

窓際《まどぎわ》に立つと、下の花壇で水を撒《ま》いているセナの姿が見えた。

弱視と言っているわりによくあれだけ動けると思う。見たところ杖は携えていないし、あれくらいの距離なら大丈夫なのかもしれない。

(そりゃあ、一人で生活してるものな……)

一人で生活、という部分に昨日の風呂事件が思い出されたが、赤面しながら頭から振り払う。

部屋の隅のクローゼットに昨日突っ込んでいた着替えに腕を通して、僕は彼女のもとへ行くために階下へ降りることにした。

形はどうあれこの家に引き取ってもらった身だ。もしもセナの手伝いをできるのならそれにこしたことはない。

それに何かをしないと気持ちが落ち着かない。誰かのために、少しでも——。

「……本当に静かだな」

部屋を出て、廊下。

祖父の家は住宅街にあった。起きてしばらくすると、登校する小学生や、職場に向かうサラリーマンなどの声や、車の音などがほどよく耳に届く。

だが丘の上にあるこの家は住宅街から隔絶されているためか、そんな環境音はどこからもしない。

あるのは自然が与えた風の音などその程度だった。

(これはこれでちょっと寂しいような……)

人工物に囲まれて暮らす日本人は、案外自然が苦手なのかもしれない。

「とりあえず顔を洗って……お？」

歩を進めようとした時、つま先がコツリと何かを蹴り飛ばした。

蹴り飛ばした何かは廊下の壁にコツン、コツンと跳ね返って止まる。

いったい何を蹴ってしまったのか。近づいて見ると、透き通った石のようなものだった。

拾い上げてまじまじと眺めてみると、カットされた宝石のように見える。

光沢は眩《まぶ》しく、しかし摑《つか》んだ向こうの指の先もはっきり見えるくらいに透き通っている。けれどどこの感じは宝石と説明するよりもガラスに近い。

ガラス製のイミテーション、だろうか。自分の持ち物にこんなものはないから間違いなくセナのものだろう。

弱視なのだから、もしも何か落としたとしても気がつかないかもしれない。

彼女に会ってこれを返そう――と、僕が思い立った直後だった。

《ぶん》

つまんでいるガラスが、ぶるりと振動を伝えた気がした。

中に機械類は見えない。気のせいか――

《ぶ、ぶん》

じゃ、なかった。

気のせいなんかじゃない。このガラスが震えている――？

《ぶ、ぶぶぶぶん!!》

「わ、わ、わわわわっ!?」

激しく震えだしたガラスに驚いて、僕は思わず手を放してしまった。

哀《あわ》れガラスは床に直撃し砕け散る――しかし、その予想は裏切られた。

《ぶーん》

「……は!?　……はぁ!?」

飛んだ。

ガラスが、飛んだ。

《ぶーん》

いったい何が起こっているのだろう。

拾い上げたガラスの石が振動したと思ったら、突然羽が生えて――飛んだ?

(……なんで!?)

本当にいったい全体どういうことだ。

仮にあれが生物だとして……あれが生物?

こんな透明なのに臓器の一つも見えないあれが生物?

目をこすっても無駄だろう。どれだけ首を振っても視線はあのガラスから離れないのだから。

「セ……セナさん!?」

焦って走り出すと、転げそうな勢いで階段を駆け下りていく。

躓《つまず》きそうになりながら、前のめりになりながら、セナがいる外へのドアを力強く開け放った。

「あら、日向クン？　おはよう、昨日はよく眠れた――」「セナさんッ!!」「ひゃん!?」

摑みかかる勢いでセナに向かい合う。

セナは見えにくいだろう両眼をぱちくりさせてほのかに顔を赤らめる。同時に、ごとりと手に持っていたじょうろが落ちた。

「ひ、日向クン？　ど、どうしたの？　こんな朝から……」

「セナさん!?　へ、変な虫が、ガラスが!?　廊下にいて!?　――あぁ！　じゃなくて……！」

あまりの出来事に上手《うま》く言葉にできない。

変な虫。うん、もしかしたらいるかもしれない。

だけどガラスみたいに透明な虫が――こんな場所に？　いや、本当に虫か。

「お、落ち着いて日向クン？　えーっと……ガラスみたいな虫がいたの？」

「そうです……というか、虫？　なのかもわからないですけど……」

あれを生物と認めるのは常識が許さない。むしろ、何か超未来的な科学技術で作られた機械と説明した方がまだ信じられる。

「ああ、硝子《ガラス》蜂ね。もうそんな季節だったの……」

「……今、なんて言いました？」

「硝子蜂？」

「そう……じゃなくて！　セナさん、知ってるんですか⁉」

まったくもって驚きしか生まれなかった。

自分としてはとても信じられない新生物に出会ったというのに、彼女にとってはまるで日常のような口ぶりだったからである。

僕が間の抜けた顔をしていると、セナは顔を近づけて語る。

「あれはね、今頃みたいな梅雨《つゆ》が明けた蒸し暑い日になるとよく出てくるの。発生原理はわからないけれど、きっと居心地がいいのね」

「居心地って……ああ、もう！　違うんですって！」

頭を抱えて叫ぶ。どうやら僕の慌てぶりはあまり伝わっていなかったらしい。

確かに突き詰めれば知らない虫が一匹いただけの話。しかしこのような環境下で突然に起きた非日常的な生物との遭遇は心を乱すには十分だった。

「だけど日向クン……そんなこと言うなら……」

セナが言いかけたその瞬間だった。

全身の毛が逆立つような——嫌悪感ではない何かが、僕の体にまとわりついた。

存在していた空気が時間通りに動くことをやめ、ほんの一秒ずつズレ始めたような感覚。

あるいは、これまで僕をじっと見守っていた景色全てがいきなり動き始めたかのような不思議さだった。

敵意ではなく――まるで、世界が僕に気がついたかのような――。

「――この周辺《あたり》は、そんなものばかりよ？」

セナが言い放った一言。その瞬間。

空には、舞うように飛んでいく巨大なカエルが見えた。

木々には、こちらをじっと見つめるモップのような毛玉がいた。

土の上には、草花の間を縫うように走る二足歩行の幾何学《きかがく》模様の何かよくわからないものがいた。

そして目の前には、

「ごめんくださーい」

犬の頭をした、赤いカバンの郵便配達人が立っていた――。

「あああああああああああああッッッー!?」

次の瞬間、頭が現実を受け入れるのを放棄したように、パニックに陥《おちい》った。

頭の中がぐるぐると回転し、酔いを感じるくらいに混乱して勝手に足が走り出した。

「日向クン!?」

セナの制止の声も聞こえない。

入り混じったわけのわからなさが僕をその場から逃げ出させた。

「何、何!? 何、がっ……」

だが、それも困惑《こんわく》のあまり、考えのまとまらない頭じゃ駄目だ。

逃げる時も人は冷静であらねばならない。僕は、この時そういう教訓を得た。

「え、え? あ、うわああああああ!?」

――この時のことを正確に思い出す。

逃げ出した僕は、開いていた門の先に伸びる真正面の道に出ようとした。

だけどもつれた足は僕を躓かせて、転がるように僕は森へと飛び込んだのだ。

「――あ、だっ!」

森の中へ転げ入った僕は、大の字になって倒れた。

顔の下には青臭《あおくさ》くて丈《たけ》の低い草の群生が広がっている。森の中に開けた草原があるのかと思ったが、ぐいと顔を上げた景色は残酷にそれを否定する。

「……どこだ、ここ」

今の時間は早朝。天気も快晴であり、いわゆる洗濯日和《びより》。

だが僕のいた空間はまるっきり違っていた。空が分厚い霧に覆われた、洞窟のような場所だったのだ。

左右は土壁に挟まれ、壁には松明《たいまつ》のように橙《だいだい》色に光る植物らしきものが張りついている。

(森の中じゃない……のか？)

起き上がった僕は、恐る恐る洞窟の中を進んでいく。

というのも——背中側にあったはずの転がり入った場所が何故《なぜ》だか消えていたからだ。しょうがないので前に進むしかない。

「何なんだよ、もう……どうやったら帰れるんだ？」

しかし……帰ると言ってもどこへだろうか。

僕は首を振って、その考えを頭から追い払う。

今考えるのはそういうことじゃない。どっちにせよ、ここを出なくては始まらないんだから。

(にしても……奇麗な、どことなく不思議な場所だな……)

天井に開いている穴の上は霧に包まれ、しかし壁の植物のおかげでまったく暗くはない。

だが何より不思議だったのは、この空間に恐怖どころか、落ち着いている自分がいることだ。

呼吸をするたびに吐き出すのは不安ではない安堵《あんど》の息だった。心臓の鼓動もいつの間にか収まり、ゆったりとしたリズムを刻んでいる。

(何だろう……この感覚)

洞窟内は迷路のようで、進む先が二つ以上の分岐になっているのもめずらしくはない。アリの巣とたとえた方が早いかもしれない。僕は横向きのアリの巣を歩いている。だけど決して適当に歩いているというわけでもなかった。

(こっち……こっち?)

洞窟に迷い込んだ人が風の流れてくる方を目指して進むなんて話はあるけれど、実際のところ天井に穴が開いているようなこの場所ではそれも意味がない。

だが僕の場合はどうしてか、さっきまでの落ち着きが道を示してくれている。

道が分かれていた場合、心がざわつかない方を選ぶ。

そういう、勘に似たものなのだが——これが正しいと思えた。

そのせいか、僕の足はゆっくりになることはあっても立ち止まることはない。

迷いがないのだ。まるで、いつも歩いていた通学路のように……足は止まらない。

『もう出れそうだ』。数分ほど進んでいくと、僕の頭の中にそんな感情が湧き出てきた。

予想? 妄想? 願望? ——全て違う。確信だったのだ。

「出口……」

やがて、僕はついに行き当たった。

洞窟の先には日の光が見え、森の風景が見える。

「出口……出口！」

僕は歩いていた足を走らせる。

ようやくここから出られる。こういう嬉しさは、何よりも体を動かす。

だが……出てどうする？

「……！」

さっきまでの疑問が再び頭の中を占める。出ていって、どこへ向かうのだろう。

セナのいる家まで戻るか……だけどあそこは……。

（今さら戻れるのかな……だってあんな逃げ方して）

僕はじっと思い返す。

よくよく考えてみればあんなに驚いて走り出すほどのことだっただろうか。

確かにわけのわからないものばかりが出てきた。

でもこの場所だってよくわからない……のに、気分が落ち着きさえする。

（許してくれると思うけど……）

僕には戻る気があまり起きなかった。

戻っても、あそこが居場所と言われても実感が湧かなかった。まだ自分が帰るべき家だと思えなかった。

それよりもここが、この場所の方が──。

「……？　──ッッッ⁉」

踵《きびす》を返し、洞窟の奥へ戻ろうと思ったその時。僕の心に、凄《すさ》まじい焦燥感が過《よぎ》った。

同時に、この洞窟の中とは思えないほどのざわつきが心臓を掻きむしる。

明滅するほどの恐怖に染まった視界の縁《ふち》に、それはいた。

人型の影を見て、僕は瞬時にここの住人だと悟った。でも同時に、この場所にいる人間が普通ではないということも理解できていた。

付け加えるなら、それは正しかったのだ。

現れたのは僕よりも身長が遥《はる》かに高い──筋肉質の、一つ目の怪物だったのだから。

「──ウゴアアアアアアアアアアアアアアアアアアッッ‼」

「────」

声にならないというのはこういうことだと知った。

大きな咆哮《ほうこう》は狭い通路の中で反響し、余計に大きく響き渡る。背中の奥にまで響く声が、僕の後ろにまで手を回したかのようだった。

一つ目の怪物はぼろきれに似た衣服を漫画の原始人みたいに纏い、牙を覗かせる大きな口元から涎《よだれ》を垂らして掠《かす》れた呼吸をする。

だけど、一連の行動の後に何をするかはもうわかった。

一つ目の怪物はこちらを睨《にら》んだままで視線を外さない。震えて腰の抜けた僕に、丸太のように太い腕を見せた。

腕の先には鋭い爪が禍々《まがまが》しく伸びている。一本一本が鉈《なた》のように、攻撃対象を残虐に裂くために存在していると言わんばかりに――。

「ウガアアアアアアアア!!」

「わあああああああああッ!?」

怪物が足を踏み出すたびに地面が揺れる。

軋《きし》む大地から伝わる震動が、僕の小さな心臓に絡《から》みつく。

(ああ、死んだな)

取るに足らない人生だった。

失っていくばかりで、ほとんど何も残らなかったまま……――。


「駄目よ、一つ目の」


直後、耳を貫《つらぬ》く。

大質量の塊《かたまり》が何かとまともにぶつかり合う、激しい衝突音。

「食べちゃ駄目。許して、この子はまだ何も知らないの」

そこには、霧雨セナが立っていた。

セナは、振り下ろされた怪物の手首を両手で受け止めて——間一髪でその爪の一撃から僕を守ってくれたのだ。

僕よりも華奢《きやしや》な体で、どこにそんな力があるのかという疑念を僕にもたらしながら。

「……ウゴゴ」

「ええ、わかってくれてありがとう。騒がしくしてごめんなさいね？」

セナが優しく語りかけると、一つ目の怪物は奥の方へと去っていった。

僕とセナだけが残され、一瞬の静寂《せいじやく》が過ぎていく。

「あの……」

僕が口を開こうとすると。

「日向クン大丈夫⁉」

「え？　あ、はい大丈夫です、でもどうして——」

「本当に本当に⁉　どこも怪我《けが》はない⁉　擦《す》りむいてない頭をぶつけてない口の中を切ったりしていない⁉　眩暈《めまい》とか吐き気とかえーっとえーっとそれからそれから……‼」

「あのセナさん僕は——」

「そうだ‼　日向クン朝何も食べていなかったわよね⁉　喉《のど》渇いてると思うしせめて水分補給だけでもと思って、手元に置いといた水筒を持ってきてあるわ！　……えっと、私の飲み残しだけど……いい……？」

「セ──」

「や。やっぱり今のなし！　日向クンにこんな汚いもの飲ませられないし朝なんだからちゃんとしたものを用意しているしそれにそれに──!!」

「セナさん、ストップ！　ストップー!!」

「ひゃ、はい!?」

肩を摑むとようやくセナは黙ってくれた。

そう、この人は少しばかりおせっかいだったのだ。

「セナさん、助けてくださってありがとうございます……でも、どうしてここが？」

「ハドの鼻のおかげよ。彼って元は犬だし、ここを探し当ててくれたの。危ないから先に戻ってもらったけど……って、ハドはハドソンのことね？　あの犬顔の郵便屋さん」

「……やっぱり犬なんですね」

あれは見間違いじゃなかったらしい。頭が少し痛くなる。

「ここは一つ目……名前はいらないらしいからそう呼んでるけど、彼の住み処《か》なの。話はわかってくれたみたいだからもう襲ってくることはないけれど、早めに出ましょう」

セナは杖もないのに僕の手を取って、洞窟の出口まで導いてくれた。

洞窟から出ると、そこはやはり元の森の中だった。

見慣れた丘の道から少し外れた木々の間。振り返ると、洞窟は消え去っている。

「不思議な場所でしょ？」

木々の枝葉の隙間《すきま》から漏れてくる光。

自然から与えられた光のカーテンの中で、セナはきゅっと僕の手を握る。

「帰りましょう、日向クン。お互いに訊《き》きたいことと話したいことは山ほどあるはずだから」

光の中で反射し、輝いて見えるセナの瞳と表情。

それは本当に見惚《みと》れてしまうほどに——美しかった………。

「日向クン？」

瞼《まぶた》が重くなる。意識が遠くなる。

「あれ……？　なん、で……？」

危機から脱して、気が抜けたのかもしれない。

家まであとわずかという距離で、僕の意識は途切れてしまった。


「…………」

目が覚める。いったい、どれくらいの間気を失っていただろうか。

見渡すと霧雨邸の自室。どうやら、あれから運ばれてきたらしい。

時刻を見るとどうやら三十分くらい寝ていたようだ。あんなことがあったとはいえ、初日から二度寝とは、我ながらいい身分すぎる。

ぼんやりした頭を動かしていると、何かが左肩にぶつかる。やけに柔らかく、温かくて——。

「日向クン……？　日向クン、起きたのね！」

「——うわあああああああああああッ!?」

間近に、セナの顔があった。

僕が寝ているベッドの上に、セナもいた。

「セナさん、何してるんですかッ!?」

「何って……一緒に寝ていたのだけれど……」

飛び起きて壁際に背をつけた僕は再び状況を確認する。

つまるところ——添い寝されていた、と。

「こうした方が良いらしいって聞いたからやってみたの。駄目だったかしら……」

「駄目っていうか！　あの……えと……」

個人的にいろいろ困るというか。それを伝えると、彼女は落ち込むかもしれないから言えないが。

「それよりも……良かった！」

「うぶ」

考えがまとまらないうちに、セナに抱きしめられる。

——ああ、またなんか柔らかい。

「もう、心配させて！　日向クンに何かあったらもう……。ねぇ、本当に体は大丈夫？　やっぱりさっきのせい？　どこか気持ち悪いところは？　もし気分が悪かったら腕のいいお医者さんがいるからそこへ連れていって……といっても、すぐ体を動かすのはちょっと辛《つら》いわよね？　連絡して来てもらうわ！　うん、そのほうがいいに決まってて——」

「セナさん、ちょっと……待ってください！」

熱くて柔らかい抱擁《ほうよう》から抜け出して僕は声を絞り出した。

「大丈夫です、大丈夫！　なんともありませんから……ほら」

ベッドから立ち上がってくるりと回る。僕は安心させるために精一杯の空元気を出した。

「……そう？　だったらいいけれど……それよりも」

「ちょ、セナさん!?」

セナはいきなり、深く頭を下げた。

「改めて謝らせて」

僕は一瞬呆気《あっけ》に取られて、慌ててそれを止める。どうしてそんなふうに謝るのだろうか。

というか、謝らなきゃいけないのは勝手に飛び出した僕の方である。

「いいえ、私の説明不足だったから驚くのも無理はないわ。彼にも失礼なことをしちゃった」

彼とは郵便配達人のことだろう。あのアメリカンな名前の。

「ハド」と愛称で呼ぶのはそれだけ親しいのかもしれない。ならば余計にパニックを起こしてしまったこちらとしては後ろめたく感じる。

そう考えていると、セナはううんと唸《うな》る。

「えっとね？　ハド……まだ下にいるんだけど」

その言葉は僕に選ばせているようだった。

答える必要もない——僕は、すぐに階下のリビングへ向かう。

階段を降りて、廊下をまっすぐ。そこにはリビングがある。

僕のにらんだ通り、セナとは親しい関係らしく、犬顔の郵便配達人であるハドソンは慣れた様子でソファに腰かけていた。赤いカバンの中にある手紙を確認しながら、呑気《のんき》に紅茶を飲んでいる。

一見してサボりのように見えるが口を出すことではない。僕はハドソンの横に立つと、深く頭を下げ、大きな声で謝罪をした。

「——すみませんでした！」

顔を上げると、ハドソンの表情は（犬の顔だけど）どこか、笑っているように見えた。

だった。

「構わないよ、こっちも驚かせてすまなかったね」

優しく語りかけてくる犬顔の郵便配達人に、胸をなでおろす。どうやら怒ってはいないようだった。

「ハド、話は済んだの？」

リビングの入り口で、遅れてやってきたセナが不安げに顔を出す。

「ああ、セナさん。そもそも済む話も何もないですよ、最初からね」

両手を広げるハドソンの素振りは、人間と変わりない。

「それもそうね。日向クン、あなたの分の紅茶も用意するから待っててね」

ほっとした様子のセナは、キッチンの方へと消えていった。

広いリビングの中、僕はハドソンと二人っきりになって——突っ立ったままではちょっと落ち着かないので、とりあえずとソファに腰を下ろす。ハドソンの斜め向かいだ。

「…………」

「…………」

しばし、無言。

話しかけることもなく、話しかけられることもなく過ぎていく時間のなんと苦痛なことか。

かといって視線を向け続けるのは失礼な気がするが、どうしても目が行ってしまう。そうしてよく見ればハドソンの顔はコーギー犬っぽく見える……。

「あ、あの！」

「ん？」

「えっと……僕の居場所を探り当ててくれたのがあなただと……お礼を言わなきゃって」

「ああ、そうそう。この鼻も役に立つだろう？　ふふ」

「そ、そうですね。あはは……」

「…………」

「…………」

会話が続かない。

じゃなくて、本当に何を話せばいいんだ？　ましてや相手は普通の人間ではない。

「……そういえば、君の名前は日向クンで合ってたかな？」

「!?　あ、あ、はい!?」

などと考えていたら語りかけられた。心臓がはじけ飛びそうである。

「あー、あー、そんなに驚かなくてもいい。自己紹介をしていないと気づいてね。私の名前はハドソン、ごらんのとおり郵便屋で――犬頭の幻想種さ」

げん、そう、しゅ？

「ん？　えっと、君はセナさんの後釜《あとがま》に就《つ》くんじゃないのかい？　幻想管理人の……」

かん、り、にん？

話がまったく見えてこない。

幻想種に幻想管理人——いったい何を示すキーワードだ？

「まさか、君は何も知らないのかい？　だって君は……あの波野の人間だろう？　それくらい鼻に頼らなくてもわかる」

犬頭でも、意味不明と言いたげな表情だけは理解できる。

どうやら僕は、彼からするとあまりに無知すぎるらしい。

「……ハドソンさん」

「ハド、でいいよ。その方が呼びやすいだろう」

その明るい口調からは、ちゃんと笑っていることが伝わってきた。

「じゃあ……ハドさん。今お話ししてくれたことって、どういうことですか？　幻想種とか管理人とか……何もわかりません。波野のことって……」

僕は、ハドソンにこれまでのことをかいつまんで話す。

祖父を亡くし、身寄りのなくなった僕を引き取ってくれたのがセナであること。

祖父はどうやら話していないことがあったが、セナはそれを知っていること。

これらの点をまとめて——僕は本当に何も知らないこと。

ここまでを説明すると、ハドソンは納得をしてくれたようだった。

「そうか……それは辛かっただろうに。愛している時ほど、喪失した時の反動は大きい」

「覚悟はしていました。祖父は、最後はかなり弱ってましたから……」

「それでも、だよ。覚悟とかそんな話じゃない。悲しい時は、悲しいと思っていいんだよ」

「……ありがとうございます」

見た目、顔は犬だったが、ハドソンはとても気を遣《つか》って話してくれている。

僕のことをしっかりと思いやって言葉を選ぶ、大人の対応だった。

「この世界にはね、幻想種っていう存在がいるんだ。伝説上の怪物とか聞いたことあるかな？西洋だったらクラーケンやドラゴン、ユニコーンとか聞いたことないかい？」

さすがにそれらの名称くらいは耳にしたことがある。

いずれも実在はしない、伝説上、空想上の怪物や生物だ。

「ああそうだ。ところがどっこい、これらは全て見えないだけで存在する……私のようにね」

「見えない？」

「と言うより、《気づかれない》か。幻想種を見るには幻想種に気づかれなくてはならない。向こうから受け入れてもらうしかないんだよ。君にはそんな感覚はなかったかな？」

あった。

ガラスの蜂についてセナと話していて、彼女が何かを言いかけた時——僕の周囲が一変した気がした。

今まで存在すら知らなかった多くの視線に気がついた感覚。大舞台の中央でパフォーマンスをしているかのような、圧倒的な注目を浴びた。

「昔は大勢に見えていたらしいんだけど、最近じゃ多くの人が幻想に気づかれなくなった。小さな子供はまだマシだけど、ここまで気づかれないと寂しいというか楽というか複雑かなぁ」

これが当然と言わんばかりにハドソンは話を進める。

対して僕はまだ頭が上手く追いついていなかった。今話しているのは幻想種というたった一つのキーワードについてだが、これだけで脳の処理がひどく鈍《にぶ》ったように思えた。

まったく新しい情報を得ているということ、気づかれたという実感。ないこととあることの線引きが失われた感覚が僕を混乱させている。

眩暈のような混乱をどうにか収めて、僕は目の前の当人に問いただしてみる。

「さっき、ハドさんも幻想種と言っていましたよね？」

「ああ、私もそうだよ。さっき並べた伝説上の存在よりも遥かに格落ちだけどね」

苦笑しながら、ハドソンは紅茶を器用に飲んでいく。

人よりも出っ張った犬の口では飲みにくそうだが、慣れているようである。

「……私は昔、ある家で飼われていたコーギー犬でね。私の大好きな主人が結婚する際、手紙でプロポーズされたんだ。それを受け取った時の主人のあの笑顔は忘れられない」

そして、犬ながらハドソンは思ったらしい。

『主人を笑顔にしてくれたこの仕事の人は誰なのだろう？　自分もこの人になれば笑顔を与え

られるのかな？』

「今にして思えば、なんと可愛い犬心だろう。だけどね、当時の私は本気でそう思った。人を笑顔にするものを届けられるのはとても素晴らしいと。そういうふうに思っていたら、私はいつしか幻想種の仲間入りを果たしていたんだ」

にわかには信じがたい話だった。

ただし丁寧《ていねい》に話すハドの存在を思うと、僕は受け入れざるを得ないと思えた。

彼の場合は死後という後天的なもので、もちろん先天的な幻想種の方が大部分らしい。

そして幻想種というのはドラゴンなどの伝説的生物だけを示すのではない。

明らかにありえない生物のことを幻想種とするようだ。

どう考えても生存しているように見えないものや、どう理屈をつけても生まれるはずがないように思えるもの――それらを大まかにまとめて、幻想種という。犬頭の郵便配達人というハドソンもそういうことである。

「日本で言えば妖怪かな……ああ、妖怪も幻想種なんだ。君も気づかれるようになったみたいだし、いつか会えるかもね。ぬりかべとか河童《かっぱ》とか？　レトロすぎる？」

「……なるべく、危害が加えられないものがいいです」

「はっはっは！　正直だねぇ。だけどまあ、大概《たいがい》はいいやつばかりだから大丈夫さ――たまに、危ないのもいるけれどね」

それはなんとなくわかる。とてもわかる。

「一つ目かな？　彼は不器用なだけだ。わかってやってくれると嬉しい」

そしてまたハドソンは紅茶を飲む。ぐいっと上がったカップの中身は、どうやらついに全て流し込まれたようだ。

幻想種、というのはわかった。到底信じられないが、僕はすでにいくつかを見てしまったために否定はできない。

幻想種という生き物は確かに存在する——見方を変えればなんと夢のある話だろう。かつての人々が信じたことは真実だったのだ。

「ちなみに、セナさんが半分吸血鬼っていうことは知っているかな？」

「はい。まあ、信じてはいませんけど……」

幻想種、というのがいるのはわかったが、あの人が吸血鬼だなんてものとは思えない。

確かにこんな環境で暮らしている人だ。決して普通の存在じゃないことくらいはわかる。

それに……あの一つ目の力を受け止めた姿。あんなの人間業《わざ》ではない。

「あー、そうか……だけど真実だよ。あの人は——ああ、『人』と言っても気にしないでね？

人間社会で生きている限り、どんな幻想種も人扱いだ。あの人はもう八十年以上は生きている。

吸血鬼としては、恐ろしく若いけど」

「八十!?　いや、でも……」

セナは明らかに二十歳《はたち》前後にしか見えない……。

「そりゃあ吸血鬼だからね、半分人間でも不老長寿に近い。そして彼女は、幻想管理人だった」

「『だった』？」

「ああ、『だった』んだ。だけど今もまだ彼女の復帰を願っている幻想種は大勢いる」

言うと、ハドソンは持っていた赤いカバンの中身を机の上に広げた。

ざっと二百通はあると言う手紙のうち、半分以上の宛名が『霧雨セナ』になっていた。

「これ、全部セナさん宛……ですか？」

「そうだ。こんなにもらう人って、大企業の社長さんくらいじゃないの？　知らないけど」

そんな適当な、などとは口を挟まない。

僕は丁寧に手紙の一枚一枚を手に取る。さまざまな封書やハガキ、中には送り主が子供だと思われるようなアニメのシールが貼られたものもある――。

「これは伝説の結果さ。セナさんは多くの幻想種と、関《かか》わる人間を助けてきた偉大な人なんだ」

じっと見つめる瞳には、僕の姿が薄暗く映っている。

それは語らずとも、『君は経験したはずだ』と伝えていた。

（僕もその一人……）

セナは、僕が思った以上に慕《した》われているようだった。

僕が知っているだけの噂で片付くような存在じゃなかった。

その彼女と僕の祖父は——どうして知り合いだったのだろう。

さっきハドソンが口に出した、『波野』の血筋のせいなのは、おそらく間違いない。

「もうハドったら、そんなに私を褒《ほ》めないで」

「おや、英雄様。当然のことですよ」

「むず痒《がゆ》いからやめて」

気がつくと、紅茶を持ってきたセナがそこにいた。

セナは目が悪いながらも、迷うことなく僕の前に紅茶を置く。とても良い香りだ。

「ごめんね日向クン。ハドの言うこと、あまり信じちゃだめよ？」

「吸血鬼ってこともですか？」

「それは本当。半分だけだけど」

僕の横に座りながら、セナはそこだけは決して譲らない。

「しかしねセナさん、幻想種はみんなあなたに感謝しているんだ」

ハドは広げた手紙を示して、僕のために言葉を続けた。

「幻想種は今の時代、かなり肩身が狭くてね。幻想種だけの町に集まったり人間社会に溶け込むならいいけれど、自然界に住んでる種類……幻想動物に関しては絶滅の危機に瀕《ひん》している場合がある。幻想管理人はそういう彼らも保護し、国の機関に協力を仰いだりするんだよ」

「国はそんなことをしているんですか？」

「そうだよ。各国の政府内にも管理人の方々がいてね、そんな人たちを主軸に動いてくれているんだ」

「つまり幻想管理人って……」

「端的に言えば、幻想種《われわれ》と人間を繋《つな》ぐ仲介役。人の世になった今、なくてはならない存在だ。その中でもセナさんは、幻想種でありながら幻想管理人になった者として有名だった」

「だから、そんなに大層なものじゃないのよ？」

セナの言葉に反応しつつも、ハドソンの表情は何かを懐《なつ》かしんでいるようだった。

もしかすると、彼の過去にもセナは深く関与しているのかもしれない。

「だけどセナさんも十年くらい前に第一線から引退した。国も昔馴染《むかしなじ》みも大慌てだったな……幻想種でありながら管理人……両方の社会で一番の窓口を失ったんだから」

理由はわからないし、聞くこともできないとハドソンは言う。

聞かないこと。それが、何十年も幻想種を助けてきた彼女への労《ねぎら》いだった。

「セナさん……」

話の内容は、未《いま》だに壁を一つ挟んだ別世界のような感覚である。

だけど話を聞けば聞くほど、積み重なり山を成す手紙を見れば見るほど、彼女が過去に行ってきた全ては事実だと思わされる。

僕をからかい、騙すためだけにこんな手紙を用意するだろうか？　疑うことすら馬鹿馬鹿しい——霧雨セナは、僕が生まれる前から何かを守り続けてきた高潔な人だと見るのが最も腑《ふ》に落ちる。

加えて……何故だろう。とても不思議だが——心が彼女を認めている。

あの洞窟の中にいた時のように、心が落ち着いている。霧雨セナのことを考えれば考えるほど、温かい感情しか溢れ出てこない。

「セナさん、本当に復帰しないんですか？　でなければ波野の家の子なんて……」

「ハド、それは関係ないの。私は管理人を継がせるために日向クンを引き取ったんじゃないんだから」

セナははっきりと否定の意思を伝えた。

昨日今日と僕が見てきた霧雨セナのイメージからは、やや意外に思える口調の強さ。この人もこんな言い方ができるんだと、正直驚く。

「道を選ぶのはこの子次第。私たち幻想種がとやかく言うことじゃないでしょう？」

「そうですか？　まあ、あなたが言うのならそれでいいですが……わかりました。それでは、私はそろそろこれで」

立ち上がってハドソンは身なりを整える。

カバンを背負い、忘れ物はないか確認しつつ一礼をした。

「それじゃあセナさん、ご機嫌よう。日向クン、君も元気で。セナさんの目だといろいろと大変なこともあるだろうから、しっかり手伝うんだよ」

「もちろんです。ハドさん、お気をつけて」

「ありがとうねハド。また、お茶でも飲みに来て」

「ええ、もちろん。では」

次の配達先があると出ていったハドソンを家の前で見送って、僕とセナは二人残される。

丘の上だからか、心地の良い風が吹いていた。目を閉じれば草木の匂《にお》いがする。心の底を温めてくれるような、優しさがある。

目を開くと、いろいろなものが見えた。

今まで見えなかったらしい——気づいてもらえたらしい、幻想種——。

「セナさん。聞かせてほしいんですが」

「どうしたの?」

「……僕の家とセナさんって、関係があったんですか?」

セナはくすりと微笑むと、景色を眺める。

「あなたの曾祖父《そうそふ》にあたる方が、私に管理人としてのイロハを教えてくれたの」

広がる森。だけど僕は、セナがそれらを見ている気はしなかった。

視力が弱いからではなく。もっと遠く、どこか、先に続く景色を見ているような——。

「だから古い知り合い……先生と教え子かしら。とても嘘つきな先生だったけれどね」

嘘つきと、けなしているが、セナの言い方には懐かしみを感じる。

「波野家は、名高い管理人の一族だったのよ。秀継はそれを嫌がっていて、家族には話さなかったみたいだけれど……やっぱり興味ある?」

「まったくないと言えば嘘ですけど……」

今はまだちゃんとした実感が湧かないというのが僕の気持ちだった。

幻想種、そして管理人。人間社会の裏で働いてきたセナのことを知りたいと思う気持ちはある。だけど、自分がどうするかとなると何もまだわからない。

わからなくて、霧や靄《もや》のかかったような景色の向こうにはまだ——手を伸ばし切れない。

「だから、すみません……」

「謝らなくてもいいわ。だってそれが普通の人間だもの……でも、見て」

そう言うとセナは、少しだけ歩いて花壇に手を差し伸べた。

そこには何もなかった——はずだが、今の僕には見える。

セナの手にはとても小さな小さな、真っ白い服と帽子の黒い何かが立っていた。

たとえるなら、小人。

「《緑の人》と呼ばれる幻想種なの。数は、かなり減っちゃったけれどね」

確かな悲しみが、その言葉には滲《にじ》み出ていた。

「この家の周辺、丘の上は森が多いでしょう？　ここの森はほとんどが居場所をなくした彼らたちのためにある。彼らにとっては、このあたりで唯一の楽園」

セナはこちらに背中を向けたままだったが、笑っていることだけはなんとなく理解できた。彼女はとても安らいでいる。ああいう、儚《はかな》い者たちを守れていることに意義を感じている。

「日向クンはもう見えるのよね？」

何が、とは訊かない。何を、かなんてもうわかっているから。

「見えるのなら、やっぱりそれは波野の血のせいでしょう。ほとんどの幻想種はもう直感的にわかっちゃうの──『ああ、波野の子なんだな』って」

「それは……」

それは、いつから？

問うより先に、セナは答えをくれる。

「あなたが生まれる前から。生まれてからもずっと。──幻想は、あなたを知っている」

だからなのでしょうね、とセナは続ける。

「普通はこんなに早く気づかれることはない。もっと、長い時間をかけて幻想種に信頼されなければならないはず。……だから彼らは待っていたのかもね、日向クンが来てくれるのを」

立ち上がったセナは小人を手に乗せたまま、僕の目の前に差し出した。

白い毛糸のような帽子をかぶった黒い小人はゴマのような目がついているだけで、デフォルメされたキャラクターみたいな愛嬌《あいきょう》があった。

小人はしばらくの間だけど僕の顔を眺め、やがて何かに気がつくとペコリと頭を下げる。

何のことかわからないままでいると、セナは微笑みながら周囲へ視線を向けた。

僕もセナの視線に従い、周囲の景色を見渡してみる――そこには。

「みんな、あなたに挨拶《あいさつ》がしたいみたい」

そこには、見たこともない生物たちがいた。

今目の前にいる小人の仲間だけでなく、ネズミほどの大きさのものから人くらいのものまで。色彩鮮やかなものから半透明のものまで。軟体のゼリーみたいなものもいれば、まるで岩のようなものも――。

恐ろしそうな見た目のものもいたが、何も敵意は感じない
きっと、この丘に住んでいるのだろう。あらゆる幻想種たちが、僕の目の前に現れた。

「管理人になった私は日本全国を、時には世界を回った。手を差し伸べられたほんの一握りのみなのだけど……多くの幻想種を守り、救うことができたと思っている」

そしてセナはわかりやすく悲しそうに顔を伏せた。

その見えなくなった瞳には、どれほどの救いと苦しみが映っていたのか。

どれほどの幸福と不幸と、希望と絶望を刻みつけてきたのか。

僕には決して思いも及ばない世界が、彼女の中には広がっている。

「私は人間と幻想のハーフ……だから、きっとそういう役目が向いていたのね。必死でやっているうちに、あんなたくさんの手紙をもらえるようになったし、丘に住まう者たちも増えた」

はにかむ表情は少しだけ、一瞬前の寂しさを打ち消すものだった。

「そして昨日。あなたが来た。吸血鬼の寿命も捨てたものじゃない。長く生きてみるものね」

眼差《まなざ》しは僕へ向く。

それだけじゃない。さっき幻想種に気づかれた瞬間のように、周囲にある視線全てが僕に向いている。

だけど不愉快じゃない。僕自身が、不思議な心の温みを感じるようなものだった。

「波野の血が濃いのは秀継もわかっていた。だから私にあなたを託した……きっと、この場所が最適だとあの子は考えたの」

「それは、どうしてですか？」

「簡単よ」

セナは、迷わずに告げた。

「あなたのことを覚えている誰かに、一緒にいてほしかったからでしょう？」

——それはとても単純で、深い深い愛のこと。

死に瀕する自分が、後に残す家族を託せる、最後の居場所。

孤独に苛《さいな》まれるであろう孫のための、『お前は決して一人じゃない』というメッセージ。

祖父は、波野秀継は結局最後まで僕の幸せを願ってくれていたのだ。

曰く、嫌いだったという幻想管理人。だが、波野の人間にとって最も相応《ふさわ》しいと思える場所を示しておいてくれた。

一人になった波野日向が、どうか——孤独になることなく生きていけますように、と。

「……じいちゃん」

涙は出なかった。

涙が出そうな悲しみの感情は、それよりも熱い何かで覆いつくされていたからだ。

残された絆なんてないと思っていたけれど、どうやら、本当は、あったらしい——。

「話の続き、日向クンはまだ実感が湧いてないみたいだけど……この子たちは違うみたいよ？」

セナは再び幻想種たちへ視線を投げる。

「みんな言っているわ。『おかえり』って」

それらの言葉は、何故だか全部が信じられた。

頭ではなく、心が言葉を受け入れている。

「どうやら日向クンも相当期待されちゃっているみたいね？　私と同じように、管理人にならないのかって言ってるわ」

僕にはまだ声は聞こえない。しかし苦笑しながら、セナはそっと静かに小人を地面に下ろす。

小人は再び頭を下げると、すぐにどこかへと走り去っていった。それと同時に、幻想種の群れは徐々に姿を消していく。

消していくが、本当に消えたわけではないのだろう。彼らはすぐにでもそこに現れることができる――何故だか、直感的にそう思えた。

「ここにいるといろいろな幻想に会える。七ツ夜《ななや》は、この丘は、幻想《わたしたち》の楽園だから」

見送りながらセナは言う。

僕はもっと、多くのものに出会えるという事実を。

僕にはそれがとても幸せなことに思えた。見えないもの、会えないものと過ごせる時間を得られること、そして――自分の居場所を示してくれているものがいることは、尊ささえ感じる。

「でも……日向クン、ここからが本題なんだけど」

顔をぐいと近づけて、彼女は言う。息が温かい。

「……突然どうしたんです？」

セナは不意に口ごもってしまう。どうも、非常に言いにくそうだった。

「日向クン……私で良かった？」

「……は？　え!?」

それは、その言い方はどういう？

「あ、ああっ！　あのね!?　別に深い意味はなくてごめんなさい！　お姉さん大事なところはとっても口下手《くちべた》だから上手に言えないっていうか、だからだから人を心配にさせちゃう時があるし、ああこれって若い頃の秀継にも一度言われたことがあるし彼も苦笑いしてたっけ――じゃなくて！　私で良かったたっていうのはあの、その、お姉さんの見た目とかなんかそういうのも――あんまり自信はないけれど――じゃなくてっ!!」

「落ち着いてくださいセナさん。なんとなく、違うっていうのはわかりました」

たぶん、たぶんだけどセナが言いたかったのはこの家でいいか、ということだ。

祖父の遺言に従いこの家にやってきただけの僕だ。心の奥底で、本当は嫌がってるんじゃないかという心配を彼女はしていたのだろう。

付け加えていうなら、事故同然だったが、一つ目という幻想種に襲われたりもした。普通ならばトラウマを抱えてしまって逃げたくなるだろう。

それを訊くのにあれだけ言葉を尽くしてしまう女性だ。どうにか上手く咀嚼《そしやく》して理解するなら、たぶん間違いない。

「……大丈夫ですよ」

「え？」

セナはあからさまに嬉しそうになる。

「僕は大丈夫です。僕は、ここにいます……いることに、します」

嫌がっていたつもりはないけれど、確かに、迷っていた。

祖父の遺言とはいえ、流されるままにここに来た。不安もあったし、襲われたし、いきなり幻想種とかいろいろ頭に詰め込まれてよくわからない。

ただ、本当に自分でも驚くほどにその不安が遥か過去のように思えている。

波野の家は管理人だったという。祖父や両親はそうではなかったようだが——僕の胸が、心が、鼓動が、感情が、何もかもが、とてつもない穏やかさを覚えていた。

「ここなら、きっと僕は生きていける気がしますから」

僕には寄るべがない。僕を取り巻く絆は、ほとんどが消え去ったと思っていた。

だけどここには少なからずあるかもしれない。僕が、僕でいていいと思えるよりどころ。僕がここにいる繋がりがある。

今日まで存在を知らなかった幻想種たちだけが、僕のことを知っている一員になる。ならばきっと、彼らは僕の背中を押してくれるかもしれない。

僕がこれから歩いていくための道を、誰もが気づかない幻想種だけが導いてくれる。

祖父が最期に残してくれた道で、彼らが手を取ってくれるらしい。

——それの、なんて心強いことか。

「改めてよろしくお願いします、セナさん。……さっきは、すみませんでした」

逃げてしまったこと。彼女は何も気にしていないように見えるけれど、きっとショックだったと思う。

彼女は手を差し伸べてくれた。一歩、こちらに踏み込んでくれた。

だから僕も。ぎこちない心持ちで、一歩だけ。

「いいのよ、そんなこと。こちらこそ改めてよろしくね、日向クン」

霧雨セナははにかんで。とても優しい声で僕の手を取った。

僕はそれに安堵し、祖父の死以来忘れていた笑みを浮かべていることに気がつく。

ちょっとばかり恥ずかしくなり、誤魔化すように軽口をはさんだ。

「まあ、だけど」

「え？」

「セナさんが吸血鬼ってことは、やっぱり微妙に信じられませんけどね」

「……いじわるー」

膨《ふく》らませる頰《ほお》は、年相応のものには見えない。

だけどすぐに元の笑顔に戻り、少しおぼつかない足取りで僕の手を引く。

「ねえ、日向クン」

「何です？」

「……生きてくれて、ありがとうね」

「どうしたんですか、突然」

「別に、ちょっとした代弁よ」

微笑むセナは、握る手を少し強めた。


「帰りましょう、家へ」

「はい、帰りましょう」


――こうして、僕は霧雨家に引き取られた。

何もないと思っていた喪失感は幻想種たちの埋め合わせによって、薄らいでいった。そんな僕の日々はこれから始まる。

そして、霧雨セナは間違いなく吸血鬼であった。あらゆる幻想種から慕われる、楽園に住まう吸血鬼だった。

知る人ぞ知る、彼らを守りながら人間社会と幻想種の世界を生きた唯一の存在。何より、僕の過去を知る、波野の過去を知る数少ない女性だった。

だけどこの時の僕はまだ、やはり彼女が吸血鬼と完全に信じちゃいない。
僕がそれを完全に信じるのは、もう少しあとになってからだ。
幻想種との日々が始まり、少ししたあとの話なのだ——。

② 幻想種はお年頃

「それじゃあ、行ってきます」

玄関のドアを開け放って、僕は一歩踏み出した。

森に囲まれた丘の上の空気は清々《すがすが》しい。深く吸い込むたびに、清らかな気持ちが体中を巡る。自然環境の中でしか生きられない幻想種たちにとっては、こういった空気や環境が必要らしい。普通の野生生物でもそうなのだから、保護というのは難しいだろう。違うのは、人間が簡単に見つけることができるか否《いな》かという点である。

「じゃあ気をつけてね日向《ひなた》クン。もしかするといろいろと言われるかもしれないけれども……高校生なら、きっと大丈夫よね」

「さすがにそんな子供みたいなことはないですよ。言われたとしても、僕は気にしませんから」

「そう？　……うん、お姉さん安心したわ」

セナが笑うと、僕も微笑んだ。

「そういえば忘れ物はない？　ハンカチは？　ティッシュは？　もしも怪我《けが》した時の絆創膏《ばんそうこう》は？　あとは最近夏風邪《なつかぜ》も流行《はや》ってるっていうから、その時のマスクも必要よ？　突然の夕立もあるかもしれないし傘を……折り畳みの方がいいわよね？　お姉さん気が回らなくてごめんね!?　ああもう、大事な時に私って馬鹿だから──昔さんざん慌《あわ》てるなって言われまくったのにもう本当に情けないわ……って、そうじゃなくて、大事なのは日向クンのことよね！　水筒は持った？　中身は氷を入れた麦茶にしてあるからきっと美味《おい》しいはずよ。もしも飲み切っちゃったらスポーツドリンクでも買って──」

セナの口が止まらないと、僕は苦笑いした。

幻想種との出会いをした日曜日から何日か過ぎた、とある平日。僕は登校を再開した。それまでの間、注意深く幻想種たちを見ていた結果だが……彼らは思った以上に好奇心があり、思った以上に臆病である。

家の中は彼らもほぼ出てこないが、森の中に入るとあちらこちらから不思議そうにこっちを眺めてくるのだ。

気分はまるでどこかのスター気分。注目されるのは好きじゃないけれど、嫌なものを見る目や恐怖の目を向けられているわけではないので気にはならない。

……しかし、まあ何というか。別のことが気になるようになってしまった。

（見える……）


先日から、僕は幻想種が本格的に《見える》ようになってしまった。

恐怖心を抱かないのはたぶん、本能的に安全だと理解しているからかもしれない。

とにかく家の窓からでも少し首を伸ばせば、見たこともない幻想種の姿が見え隠れする。

慣れた頭で考えるなら、少なくともこの森の彼らは自然現象の一種。吹く風や擦《こす》れる木の葉のようなものである。人間社会の一員ではない。その点は、セナとは違うと認識できた。

聞いた話、彼女はちゃんと戸籍さえ持っているようだから。

『国の機関に協力している話はしたでしょう？　人間社会に生きる幻想種は特別な機関に行けばちゃんと戸籍がもらえるの。日本だから、ちゃんとお金を払えば保険も適用されるわよ？　幻想種専用のものだけど』

『……思った以上に整っているんですね』

そんな話をしたのはこの前ハドが来た後のことである。

とにかく、セナが言うには幻想種に気づかれたからこそ、僕の中に備わっていた才能みたいなものが開花してしまったらしい。それほどまでに波野《なみの》の血は強かったようだ。

だが、必ずしもそういう理由で幻想管理人になるとは限らない。

僕にとっては、見えなかった彼らの姿が見えるようになっただけだ。たぶん適性という観点から言えばすごいのかもしれないが、だとしてもそこを目指す理由にはならない。

『ええ、それがいいわ。日向クンはなりたいものになればいい……ここに来たことで才能には気づいたかもしれないけど、あなたの生き方は波野の血筋に左右されなくてもいいのだから』

彼女は僕の意思を尊重し、なりたいものになればいいと言った。

『そういうふうに応援することが家族だもの。家族……良い響きねぇ……』

どうも家族というくくりにかなり彼女は憧《あこが》れていたようだが、とりあえず今は置いておく。

とにかく僕は今日から学校へ戻ることになった。実は、土曜日にここへやってきてから一度も丘から下りていない。

「…………」

目の前には丘からの坂が終わる境界が見えている。霧雨《きりさめ》邸の周囲は石と土の地面だったが、見える先はコンクリートの道路だ。

ふぅ、と深呼吸をしてみる。空気の味が違う気がした。

振り向くと森が広がっているが、町に近いこの位置になると幻想種たちの影は見えない。

まるで――いや、本当に彼らの住み処《か》はあそこにしかないようだった。

この麓《ふもと》の町は、もう自分たちの居場所ではないと言わんばかりに。

複雑な感情を抱えながら、僕は足を学校の方へと向けた。

重なっていく、何人もの朝の景色。色とりどりの想いと、各々《おのおの》の理由を持って進んで別れていく朝の道。

見慣れた制服の列。僕の姿も、いつしかそれらに交じっていく。

幻想種のいない、日常の中へ。


僕が登校するのは公立の七ツ夜高校。読み方は『ななつや』。

七ツ夜とはこのあたりの地名であり、民俗学の書物に『遥《はる》か昔、七つの夜を越えた旅路《たびじ》の果てに楽園がある』と記されていたことに由来する。この土地の人々にとっては一般常識だ。

実際、戦後すぐに見舞われた七ツ夜の大火と呼ばれる火災を除けば、大きな災害に遭《あ》ったことがないという。それは確かに住みよい楽園なのだろう。

(でもきっと、それだけじゃない)

幻想種の存在を知った今の僕としては、そうした理由の一つに幻想種が関係していたと思うこともできる。セナは幻想種にとっての楽園であるとも言っていたから、かつての人間も彼らに出会えたのだろう。

やがて校舎三階、二年生の教室が並ぶ廊下に着く。久しぶりの学校でなんだか気恥ずかしさを感じたが、それらを押し殺しながら自分の教室に入る。

「………」

教室にいた生徒は十人ちょっと。その全員が、一斉に僕の方へと視線を向けた。

少し長く休んでいたからだろう。頭の中では、なんとなく『大丈夫だったのだろうか？』と心配してくれているのかもしれない。

僕はおとなしく自分の席に座る。少しばかり、冷えている気がした。

「おーす、波野。どうしたどうしたー？　何があったんだよ」

ニマニマと笑いながら現れたのはクラスメイトの佐伯《さえき》だった。

短めの髪の下で、わざとらしく眼鏡をくいと上げる。

「この俺様にも言えないって？　もう中三からの付き合いだろ、何でも言えってば……な」

そう言いながら、佐伯はばさりと机にノートを何冊も落とした。

僕が休んでいた分の授業中のノート——。

「佐伯ぃ！　さっすが頼れる友達だ!!」

「おっ、いつもの調子だな波野よ。ふふん、何か奢《おご》れ、ジュース三本奢れ」

彼は妙に気が利《き》く男だった。

それなりに長い付き合いで、僕がこの学校で友人と言える数少ない存在である。

「ジュースでもなんでもいいさ。ありがとうなぁ、ありがとう。これでどうにかなるよ……」

「まあいいってことさ。それよりも……どうしたんだ？　何があった」

「……あんまりおおっぴらに言うことじゃないんだけど、お前ならいいか」

　僕は祖父が亡くなったことや、知り合いの家に引き取られたことを佐伯に伝えた。言う必要のないと思った霧雨セナの名前や家の場所、幻想種については伏せながらだが。

　幻想種のことを話しても信じちゃくれないだろう。信じてくれたとしても、むやみやたらに広めるべきじゃない。

　佐伯は一度、二度頷《うなず》きながら聞いて、「そうか」と声を潜めながら顔を伏せた。

「ぶっちゃけ、俺にはよくわからん。だけど大変だったんだろうってことはわかる。新しい環境に放り込まれるのは結構しんどいからな」

「お前もそうなったのか？」

「なったぜ。俺だって新しいところに入った時はかなり心に来たからな」

　目を細めて思い出すのは転校した当時とか、そういう記憶かもしれない。

　中三で出会った当初から気さくなやつだと思っていたけれど、佐伯もあの頃は緊張していたんだな。

「今は環境が変わったばかりだから大変だろ。落ち着いたら、また家に呼んでくれよな」

「わかってる。それよりノートのことか、ここ。白紙なんだけどどうした？」

「へへっ……許せ」

「いや、何をだよ」

掛け合いを懐《なつ》かしみながら、時間は過ぎていく。

久しぶりの会話を弾《はず》ませていると、クラスの視線が少しだけ動いた。

「お、クラスのマドンナが登場だぜ」

「表現古くないか？」

「それを知っているお前も古い人間さ」

教室に現れたのは、肩までの黒髪をきれいに整えた一人の女生徒だった。


「皆さん、おはようございます」

——桐生《きりゅう》心音。心音と書いて『ここね』と読む。

桐生さんは教室全体へ向かい丁寧《ていねい》に一礼して、仲の良い友達に囲まれて自分の席へと座った。

制服にはシワ一つない。座り姿も凛《りん》として、彼女の育ちの良さを感じさせる。

桐生さんの家は大きな和風建築のお屋敷であり、そのイメージ通りの和風美人だ。

「もっとも、着物じゃちょっと窮屈だろうけどな」

「それ、聞こえたらセクハラになるから注意しろよ」

桐生心音はセナよりも背が低いが、持っている膨《ふく》らみは彼女より大きかった。

胸の大きい人は着物だと苦しいと聞いたことがあるけれど……僕がわざわざ言うことではない。

「しかしさっすが人気者。クラス中の男子の視線をがっつりゲット！　だぜ」

「ああ、いつも通りだな」

「まあ見慣れた光景だよな。俺が中三で転校して来る前からそうだった……んだっけ？」

そう、彼女は昔から男子に人気だった。

覚えている限り、彼女に集まる視線はどれも好意に満ちたものだと思う。

「さっすが、幼馴染《おさなな》み《じ》は違うわー。住む世界が違うわー」

「茶化すな、馬鹿」

そう……僕と桐生さんは幼馴染みだった。祖父母の家に遊びに来ていた幼い頃は、家族ぐるみで何度も遊んだ思い出がある。

とはいえ、小学校も高学年あたりになるとなかなか会えず少し疎遠《そえん》気味だったが――。

『ヒナ君？　もしかして、ヒナ君ですか!?』

両親の葬式後、祖父の家に引っ越して、中学に上がった僕は桐生さんと再会した。

昔と同じ呼ばれ方をされなければ、一層可愛らしく成長していたあの子に気がつけなかっただろう。

それ以降、何故《なぜ》かずっとクラスが一緒になり高校も同じだった。

（まあさすがに……あの呼び方はされなくなったけど）

ヒナ君、なんて呼ばれ方は中学生の僕には恥ずかしくてやめてもらったのだ。僕も昔は彼女のことを下の名前で呼んでいたが、今は互いに苗字呼びをしている。

「ふーん。しかし、お前本当に桐生さんとは何もないわけ？」

「何もってなんだよ。知ってる仲だし、数少ない話せる相手だけど……」

佐伯が友人であるように、異性だからちょっと特別だけど彼女も友人だ。きっと桐生さんもそう思ってくれているだろう。

「だけど、お前が休んでるのかなり心配してたぜ。『いやんもう大丈夫かしらぁーん！』って」

「どうでもいいけど全然似てないな」

「どうでもいいけど真っ先に茶々入れるのがそこか」

本気で似てなかったからしょうがない。それに、彼女は絶対にそんな口ぶりはしない。

「とにかく波野よぉ、俺が思うに……もしかしたらいけるんじゃないか？　脈ありかもよ」

「脈って……はぁ!?」

勢い余って大きな声を出してしまう。

少し離れた場所にいた桐生さんの耳には届かなかったようだが、聞こえてたら恥ずかしいどころじゃない。

「俺だって中三以降はお前ら二人を知ってる。んで思うに……桐生さん、お前相手だとなーんかいつも対応違う気がするんだよな」

「い、いやいやいや？　だって学校休んだの心配してくれたってだけでそんな……なあ？」

「なあと言われてもなあ。俺はいけると思うぜ？　少なくとも他の男子が休んだって桐生さんは同じように心配しないね。お前だから心配してたんだよ、きっと」

それは付き合いの長さからくる親しさのせいではないだろうか。仮にも幼馴染みだし。

「そんなことはない。俺を信じろ、この佐伯様をな！　なんとなくだけど！」

「なんとなくかよ」

しかしそういう——あの、好きとか——は、やはり現実的じゃない。

彼女は幼馴染み。だけどそれ以上ではないのだ。故《ゆえ》に、この意見で証明完了とする。

「そうか？　そうじゃないと俺は思うがなぁ。人間なんだからさ、やっぱり昔からの関係からくる好意ってあるんじゃねぇか？」

「……あのなぁ、だとしても他人の心の中を勝手に臆測するのは——」

「波野君、大丈夫でしたか？」

「ああ、大丈夫だよ桐生さん——……桐生さんんんっ!?　——ッッ痛ァあぁ!!」

座ったまま飛び上がったせいで足が椅子に絡《から》まり派手にすっ転ぶ。

なんて恥ずかしい状況だろう——じゃなくて、マジで、桐生さん？

「大丈夫ですか？　波野君……」

「あ、ああ……大丈夫だよ」

体の痛みを堪《こら》えながら椅子に座り直す。おい、笑ってんじゃねぇぞ佐伯。

「いやー、視界の端で桐生さんがウズウズしてたからさ。こっそり『もういいよ』って合図してたんだ」

「はい、佐伯君と話し終わるのを待ってたんです。邪魔してはいけないと思いましたから」

ああ、そういえばこの二人、僕が絡むと割と良いコンビだった……。気づかないうちにそんなやり取りをしていたのか。

「でも、本当に心配していたんですよ？　おじい様のことは……私も聞きました。昔、一度だけ一緒に遊園地に連れていってもらいましたよね」

そんなこともあっただろうか。彼女はよく覚えている。

「歳だったしね……それに、今は大丈夫だよ。僕を引き取ってくれた人も、良い人だったから」

「……良かった。落ち着いたら、一度お墓参りに行かせてください。おじさまとおばさまにも、挨拶《あいさつ》がしたいので」

桐生さんは心底安心した面持《おもも》ちで、ほっと息を吐き出した。

「そういえば波野君、休んでいた間のノートは大丈夫ですか？」

「うーん、万全も万全……とは、言えないかなー……？」

「おい波野よー、何故《なぜ》この俺様を見るぅ？」

わかっているだろうにその物言いか。あとそのニマニマ笑いをいい加減にやめろよな！

「でしたら私のノートを使ってください！　私は休んでいませんから、ばっちりですので！」

「えっ、いいの!?　じゃあ――」

じゃあ、と言いかけた瞬間、周囲の男子からの視線が敵意にガッと染まった気がした。

……これは、これからの円滑な学校生活を送るには断りを入れるのが正解ではなかろうか。

軽く『はい』と答えた日にはクラス男子は言うにおよばず、同学年男子、さらに果ては全校男子から嫉妬《しっと》の目を向けられそうな気がする。いや、きっと向けられる。

ここは申し訳ないが断ることにしよう。うん、そうしよう。

「桐生さん、実はもう――」

「いりません……か？」

「――うん、桐生さんのノートがいるんだよ！」

……あれぇ……今僕は何と言ったかなぁ？

「さすがだぜ波野。お前はクラス中の男子から総スカンをくらう覚悟のある、茨《いばら》の道を歩く根性を持った益荒男《ますらお》だったのだな……」

少し言葉の組み合わせが雑過ぎやしないか佐伯よ。

ともあれ、口から出してしまった言葉は戻ってはこない。

視線は痛いままだが、ここはありがたくご厚意に甘えることにしよう。

「わかりました。それじゃあ今すぐに——」

桐生さんが言いかけたところで、授業開始のベルが鳴った。

同時に入ってくる教師の足音を聞いて、クラス中の生徒が慣れた様子で席へと戻る。

桐生さんは一瞬迷ったようだったが、「あとで」と一言残して戻っていった。

「なあ、波野。やっぱり桐生さん優しいだろ?」

「それがなんだよ」

「やっぱ、脈あると思わね?」

余計な笑いをやめない友人に抗議の視線を向けながら、日常は過ぎていく。


二限目以降、選択科目ですぐに移動教室になるのを忘れていた。

僕と桐生さんは別の科目だったから、ノートを受け取る間がなかったのだ。

「で、告《コク》るの? 俺としちゃあ面白……いや、お似合いの組み合わせだと思うがな」

「今失礼なこと言わなかったか、お前?」

相変わらず煽《あお》ってくる佐伯に笑いながら言いつつ、ふとセナの顔が浮かぶ。

霧雨邸ではあんなふうに——割と、猫を被《かぶ》って接していたが、やはり仲の良い気心知れた相手だと僕はこんなものだ。

セナが今の僕を見たら驚くだろうか。それとも、家族なのだから、もっと気軽に喋《しゃべ》ってくれと願うだろうか。

たぶん、後者だろうな。僕は確信に近い想像を抱きながら、昼休みを待つ。

「ん……？」

移動教室の途中で、ふと廊下の窓枠で動く何かを見る。

ヤモリのような姿をしていたそれはスルスルと動くと、窓ガラスの中央へと進んでいった。

爬虫類《はちゅうるい》の類《たぐい》ならああやって壁などに張りついて移動することも不思議じゃないだろう。不思議だったのはもっと簡単なことだ——足がない。

足のないヤモリは特別に小さいツチノコのようなものだった。それが割と俊敏に窓ガラスからまた隣の窓枠へと移動していく。

幻想種だ。まさか、こんな学校内にもいるとは思わなかった。

（全然見てなかったのにな……こっちでは見ないのが当たり前だと思ってたけど……）

丘の森を抜けてから、町中で幻想種は見ていない。

だがああいうふうに決して多くはないが存在はしているのだろう。横を通り過ぎていった他の生徒がまったく気に留《と》めていないから、気づいているのは僕だけらしい。

（しかしどうも……不思議な気分だな）

霧雨邸にいた時は幻想種に囲まれているし、セナという同じ境遇の者がいるので特別違和感はなかった。

　だが実際に町に下りてみると、見えないということが普通になる。自分だけ見えているというのは世間から浮いている気がして少し落ち着かない。

「おい波野よ。遅れるし、ぼーっとしてんなよ。桐生さんに見られたら愛想尽かされるぞ？」

「馬鹿。だからそんなんじゃないって……」

　ふざけ合いながら、俺と佐伯は移動教室へ急いだ。


　あらかたの授業が終わって、ついに昼休みに入る。

　僕はセナが作ってくれた弁当があったが、佐伯は弁当など持参していないので、購買に寄ってからまたあとで集まろうということになった。その間に僕は、

『ちゃんとやるんだぞ、波野クンよっ！』

　……茶化しながらの激励を受けつつ、ただノートを受け取りに桐生さんのところへ行くと彼女は机に座って自前の弁当を並べている。周囲の席には、仲の良い友人がいた。

　桐生さんは僕に気がつくと、軽く笑いながら手を振ってくれる。

　クラスで最も視線を集める才色兼備の少女。僕にとっては、よく知る幼馴染み。

　昔から可愛いのはわかっていたけれど、佐伯に言われて意識すると――その意味はただの称賛ではなく、もっと胸がうずくようなものになる気がした。

「波野君、お手間を取らせて申し訳ありません。これがノートです」

手渡されたノートをぱらぱらと捲《めく》る。どれも丁寧な字で、詳細を省かずに記入されていた。

「ありがとう、桐生さん。本当に助かるよ」

「いえいえ、こんなの気にしないでください」

「気にするよ。昔から桐生さんが一番真面目《まじめ》で、こういう時はいつも助けてもらってるしね」

幼い頃も、中学で一緒になった時も、彼女にはいろいろと助けられた気がする。

佐伯が転校してくるまで一人でいることの多かった僕がちゃんと学生生活を送れていたのは、彼女のおかげかもしれない。

「そんなことないです。私が目立つばかりで……波野君だって誰の目にもつかないところで誰かを助けてるじゃないですか」

「それこそ気のせいだよ。だけど、とにかくこれはありがとう」

「はい、役に立ててよかったです」

桐生さんは嬉しさと安堵《あんど》を入り交じらせたような表情を見せる。

「ちょっと心音ちゃん、顔赤くない？」

「へぇっ!?　あ、赤くないですよ？」

「嘘。ほんのり赤い」

「……もー！　みんなからかわないでください！」

仲の良い友達に後ろから指摘されて、珍しく慌てながら桐生さんは否定する。僕はその一挙一動に気を取られていた。

『告るの?』

——頭の中で佐伯の言葉が反芻《はんすう》される。

意識したことのなかった人を意識する感覚。少しばかり、頰《ほお》が熱くなりそうだった。

考えたこともなく、踏み入ることのなかった感情の領域。見ないようにしていた心の在《あ》り処《か》。

それらが一緒くたになって、僕に向かってこっちを見ろと手招きする。

「あのさ桐生さん——ところで、さ……」

「はい?　何ですか」

振り向け。言え。伝えろ。

君はどうして、そんなに優しくしてくれるのですか、と。

「ところで……」

「……桐生さん、その————角は?」

――時が止まったようだった。

言うつもりのなかった言葉が、ぽんと飛び出した。

確めたい想いとはまったく別の、突然見えだした……桐生さんの頭の角に対する問いが。

「嘘……」

それは、誰の放った言葉だっただろう。

気がつけば桐生さんの姿はなく、突然席を立った彼女を追いかけて友人が去っていく。

「桐生さん……？」

あとはほとんど覚えていない。

ただよくわからないままに一日を終え、いつものようにセナから心配されまくり、ただよくわからないままに翌朝――登校した。

僕の手元には渡されたノート。返さなくてはならない大事な預かりものがある。

だがその日、桐生さんは体調不良を理由に欠席した。

明日は来るだろうか。そう思った翌日も欠席した。

翌日も土日を過ぎた月曜日も、その次の日も彼女は欠席したままだった。

僕の手元には、返せないままのノートが残されていた。

桐生さんの欠席が続いて、僕は彼女の友人である女生徒二人に呼び出されて糾弾《きゅうだん》を受けた。

曰《いわ》く、桐生さんは電話にも出ない。家に行っても体調が悪いと言って会ってもくれない。

それもこれも、僕があの時変なことを言ったからではないか——と、この二人は思ったのだろう。だが同時に、彼女たち自身が一番意味をわかっていなかった。

だから糾弾している側の彼女たちも、ひとしきり文句を言うと矛《ほこ》を収めた。僕に言ってもしようがないと、頭では理解しているのである。

あのキーワードに対して何が駄目だったのか。彼女たちは理由を知らないのだから。

「日向クン、ここ間違ってるわよ？」

「……え？　ああ……本当ですね」

僕は帰宅後すぐ、リビングでセナに勉強でわからない部分を見てもらっていた。

彼女は高校程度のカリキュラムなら簡単なようで、僕の解答に目を近づけて間違いを指摘してくれる。ただし、科学系は疎《うと》いそうだ。

「それは別の公式を使うの。それから先にこっちを計算して——」

セナの教え方は丁寧でわかりやすかった。おそらく、このままどこかの教師になってもまったく問題ないだろう。

ただ、少し困ったことがあるとすれば……。

「うん、正解。日向クン賢いわ！」

僕が正解するたびに、やたら褒《ほ》める上に、頭を撫《な》でてくるおまけつきだった。

子供のように甘やかされるのは恥ずかしいので、僕はその手からちょっと逃れたくなるのだけど――。

「いい子。さすが、秀継《ひでつぐ》の孫ね」

僕の頭を撫でているセナの顔がとても幸せそうで、それはできなかったのだ。

だから僕も彼女がこれくらいで喜んでくれるのならばと、受け入れることにしている……他《ひ》人《と》には見せられないが。

「……ねえ、日向クン何か悩んでる？」

顔に書いてあっただろうか。僕は否定もできず、「えっ？」と驚きの声を上げるだけだった。

「……わかりますか？」

「わかるわよ。だって、家族だもの」

微笑むセナの言葉は、とても心強いものだった。

僕はゆっくりと悩んでいることを打ち明ける。

見えていなかったのに見え始めたもの――そして、桐生さんの角について――。

「ノートを借りた時に……そう、角が」

セナはわずかに目を伏せ僕を見る。かなり視力の弱い、ほとんど見えない目だが、僕の心だけは全部見透かされているような気がした。

「まずは……角、ね。それは簡単、桐生家はこのあたりの土地でも有名な《鬼》の一族だから」

「鬼……!? 鬼って、あの鬼ですか……?」

赤とか青とかいろいろある、日本昔話では定番の怪物。吸血『鬼』とはまた別だ。

だが鬼が幻想種というならいても何もおかしくはない……いや、じゃあ桐生さんは……。

「桐生心音ちゃんは鬼の子孫なのだから、彼女も間違いなく幻想種ね。私と同じように人間社会の中に溶け込んで生きている方だけれども」

つまり、桐生さんは人間の振りをして生きている幻想種?

「別に不思議じゃないのよ? 化けるのが上手な狸《たぬき》が人間の合戦《かっせん》に参加した話も幻想種の中じゃ有名なの。鬼だって長い時間をかけて、人の中に溶け込んできたわ」

僕の、幼馴染みが……?

「全然気がつかなかった……」

僕だけじゃない。僕の祖父や両親も知らなかったのだろうか。

「わからないけれど……いずれにせよ、日向クンは知らないまま家族付き合いをしていたのね」

何も知らないままだったのは悔しい想いもある。

気づいていたからといって何をできていたわけではないが、もしかしたらと考えてしまう。

「……だけどどうして桐生さんは突然学校に来なくなったんでしょう？」

幻想種的な事情……だとは思うけれど。

「うーん……それだけかしら？　でも日向クンの話に聞く心音ちゃんの態度とかって……？

まさかあの漫画みたいな……？」

最後の部分は聞き取れなかったが、どうやらセナにもわからないようだ。

セナは咳払《せきばら》い一つして話を続けた。

「えっと、日向クンが心音ちゃんを《鬼》だと気づいたのは間違いなくこの前の一件から？

それとも昔にそういう素振りを見せたことはない？」

「それはない……なかったはずです。昔から、そんな姿なんて……」

どんなに記憶を辿《たど》っても、幼い桐生さんは僕の知っている姿のままだった。

「心音ちゃんは幻想種の姿を見せていなかった……なら、彼女は正体を隠していたの。彼女にとってはそれが当然だったし、幻想種にとっては必要なことよ」

セナの言い分はわかる。

現代社会で角の生えた人間の存在なんて発覚したら、即座にスクープになってしまうだろう。下手《へた》をすれば妙な研究の対象になるかもしれない。事を荒立てず、ひっそりと生きていきたい幻想種にとっては《隠す・隠れる》というのは重要な行動だ。

とすると、僕があんな場所で正体がばれそうなことを言ってしまったのが問題だったのかもしれない。とすれば……僕はとんでもないことをしたのではないか？

しかもただのクラスメイトではない。付き合いの長い、よく知る相手にだ。

「僕は、どうやって謝ればいいんですか……!?」

縋《すが》る思いで顔を上げる——だが、一方のセナの表情に危機感は薄かった。

「えーっとね、別にそこは大丈夫なのよ」

どういうことだろうか。

「日向クンから見れば角の生えた鬼だけれども、普通の人から見れば人間の女の子にしか見えないわ。だから口を滑らせたとしても、ほとんど問題はないと思う」

問題はない……というのは僕では判断できないが、幻想管理人として生きてきたセナが言うならばそうなのかもしれない。少しだけ、胸のつかえが取り払われた。

「それに、もしも言ってほしくないことだったのなら、彼女は日向クンに角のことを口止めするでしょう？　それをしていないってことは、別の理由があると思うの」

口止め。確かにそうである。

言われたくないことには口止めをするのが常だ。だが彼女は学校を休んだままで、そういうことは一切していない。

ならば——過失を犯した僕が考えるのも何だけど、セナの言う通り桐生さんにとってもそこは重要ではないと解釈すべきだと思う。

じゃあ、彼女にとって重要だったのは何だったのか。僕には皆目見当もつかない。

そしてこの問題をどうすれば解決できるのかもさっぱりだ。

「うーん……じゃあ、心音ちゃんのところへ一緒に行きましょうか？」

「!?　いやでも、セナさんに迷惑が……！」

「迷惑も何もないわよ。私はあなたの家族だし、お姉さんみたいなものなんだから」

元より豊満な胸を張りながら、セナは自信をもって勇気づけてくれる。

「だけど……やっぱり」

「はい、そこまで。大事な家族が困っているし、幻想種のことなら私だって力を貸せるんだから」

有無を言わさず、セナは僕の両頬をぺちりと叩《たた》く。

「私を信頼してくれる？」

卑怯《ひきょう》な言葉だと思えた。

彼女のような女性にこう言われてしまえば、もう反論なんてできないだろうに。

「でも、最後はちゃんとあなたの口から謝るのよ？　それがけじめだからね」

そして、子供をあやすように僕の頭を撫でた。

恥ずかしい気持ちはある。でも僕は母との思い出や記憶なんてかなり薄らいでしまっていたから――どことなく、この感触は嬉しかった。

しかし、セナは事あるごとに自分を姉と呼ぶ。もしかしてそういうふうに呼ばれたかったりするのか？　それなら……。

「ありがとうございます……えっと、お姉さん――？」

「おねっ――!!」

セナさん？　……なんか空気変わったぞ。

「ね、ねぇ日向クン？　あの、良ければもう一度言ってくれない？　その……お姉さんって」

別に減るものじゃないし構わない。

「セナお姉さん？」

「――ほぅぁぃッッ！」

――……なんだ今の声は。

「ちょ、ちょっとやんわりと……あの、くだけた感じの言い方で！」

「え？　ええっと……セナ姉ちゃん、とか？」

「あぁぁぃ……」

蕩《とろ》けている。セナが非常に蕩けている。

顔じゅうの筋肉が弛緩《しかん》しきってぐにゃぐにゃとだらしなくなっていた。それでもそもそもの美しさが見えるあたり、彼女は本当に美人である……今はちょっと残念だが。

「ひゃ、ひゃの、あのね、日向クン！　いつでも『お姉さん』って呼んでいいからね!?　もしくは『姉さん』『姉ちゃん』！　ちょっと恥ずかしいなら『姉貴』とか!!　ね!?」

「ぜ、善処します……」

何かのスイッチが入ってしまったセナに気圧《けお》されながらも、とにかく了承……していいのかわからないけれど、しておく。

しかし、セナが一緒に来てくれることは心強い。

「そう言われると嬉しいわ。それじゃ、明日ね」

「明日……ですか？　今日では……」

「焦《あせ》る気持ちはわかるわ。だけど落ち着いて？　急いでも仕方がないんだから」

申し訳なさそうに顔を伏せるセナは何も悪くない。そもそも、僕がまいた種だ。

「ごめんね日向クン。お姉さん、融通《ゆうずう》が利《き》かなくって……せ、せめて夕飯はもっと腕によりをかけるから！　って、ああ、最近買い出ししてなかった……あ、余りものでもアレンジしてとびっきりのものを作るからあの！　お姉さんに任せてね!!」

再び胸を張るセナに感謝しつつ、僕はリビングを出た。

階段を上がって自室へ……の前に、ドアが目に入る。

明日になればセナが桐生さんのところへついてきてくれる。それできっと、解決する。

解決はするだろう。だが――。

『嘘……』

振り払え切れない、過《よぎ》る——声。

思い出の中には刻まれていなかった、初めて聞く響き。

「……ごめんなさいセナさん……やっぱり、行かなきゃ」

僕は、静かに外へ出た。

大事な幼馴染みの顔が、やはり忘れられなかったから。

桐生家の邸宅があるのは、実は丘を下ってすぐである。

白い壁に囲まれた家の敷地は広い。僕は心構えをしながら、桐生家のインターフォンの呼び出しボタンを押した。

木製の、映画でしか見たことがないような門は一度だけ遊びに来た記憶のまま。それだけで圧倒されそうな感じだが、その程度はどうにか耐えねばならない。

『……どちら様かな？』

ややあって聞こえてきたのは、重厚な印象を受ける男性のものだった。

この声には聞き覚えがある気がする。桐生さんの父親だろう。

「あ、えーと……お久しぶりです」

どう言うべきか。少し悩んで、僕は正直に名前を伝えた。

『波野日向……ああ、あの子か。覚えている』

覚えていてくれたのはありがたい。家族ぐるみの付き合いはあったが、僕の両親とよく会っていたのは桐生さんのお母さんの方だったからだ。

「ありがとうございます。あの、桐生心音さんに会いに来たんですが……」

『先日も二人ほど来たが……生憎《あいにく》、心音の方は体調が優れないし妻も旅行で留守にしている。お引き取り願いたい』

桐生さんの友人二人のことを言っているのだろう。しかしまだ諦《あきら》めるわけにはいかない。

「い、いや、どうしても会えませんか？　どうしても——その」

意を決して、僕は言う。

「桐生さんに、謝りたいんです。桐生さんが休んでいるのは……僕のせいかもしれないんです」

『…………』

インターフォンの向こう側は無言だった。

何かを考えているのか。それとも桐生さんの意向を聞いているのか。まわりが閑静なこの場所では、嫌でも向こう側の気配に聞き耳を立ててしまう。

そして深い息のあと、返答が聞こえた。

『帰ってくれ』

たった一言。それ以上もそれ以下もなく、会話が途切れた。

「ちょ!? お願いします、話を……！」

インターフォンのボタンを再度押すも、もう無視されている様子を感じる。

完全に、終わりだ。

「……くっそ」

何に対しての言葉か。確実に、自分へ向けてだ。

セナに迷惑をかけたくなくて、自分で解決しなければと思って、一人突っ走ってこの有様。

「無様だな」

そう、無様極まる。まったく情けなくて……って、今のは僕の言葉じゃないぞ？

「何やってんだよ、波野君さー」

「さ、佐伯!?」

そこにいたのは見間違えようのない、友人の姿だった。

「おうとも、俺様さ！」

なんというタイミングだ。まさかこいつ一部始終を見てたんじゃないだろうな？

「まさか、んなことねぇよ。ただすっげぇ……暑かったぜ」

「やっぱ見てたのかよ！」

汗だくなのはそのせいか。声をかけてほしかった。

「しっかし見事に締め出されたなー。幼馴染みでもこんなもんか」

幼馴染みなのは確かだが、別に彼女のご両親と個人的に親しいわけではない。

「だけど、どうしても会いたいんだろ？」

「……ああ、会いたい。会って、謝らなきゃいけないんだ」

「だろうな、だから俺が来た。水臭《みずくさ》いじゃねぇか、頼れよ」

言って、佐伯はこちらの胸に拳をぶつける。

僕は無性に嬉しくなって、満足げに息を吐き出した。

「わかった、頼むよ。どうにか桐生さんと話したいんだけど……手段がないんだ」

「電話は？　繋《つな》がらねぇのか」

知らないわけではない。だけど出るのはお父さんだろうから、繋がってもすぐ切られる可能性がある。

「なるほど。だが良かったな波野、もっと簡単で手軽な方法があるぜ！」

さすがは僕の親友だ。いざという時にはちゃんとアドバイスしてくれて――。

「名付けて、ロミオとジュリエット作戦だ」

おい、すんごい嫌な予感がするぞ。

「大丈夫なのかこれ大丈夫なのかこれ大丈夫なのかこれ⁉」

「平気平気！　バレなきゃ問題ないんだよ！」

「バレなくても問題なんだよマジでな⁉」

桐生邸の裏側、人気《ひとけ》のない路地で騒ぐ高校生二人。

僕は佐伯が近辺のゴミ捨て場から拝借してきた脚立《きゃたつ》を使い、塀《へい》を乗り越えようとしていた。

明らかに不法侵入で犯罪だ。それこそ見つかればセナへ迷惑がかかる。

普段の僕ならこんなことしない。するわけがない——でも。

「……諦められるかよ」

僕は、会わなければならない。

会って、すぐにでも話したい。

桐生心音に、僕と一緒だったあの子に一言でも届けたい。

「行ってこいよ波野」

背中側からかかる声援に、片手を振って応える。

僕は両手両足に力を込めて、桐生邸の塀を乗り越えた——。

「何をしているんだ、貴様は？」

佐伯ィ————ッ!!

「日向クンっ!?　大丈夫!?」

「セナさん！　……ごめんなさい」

慌てて駆けつけたらしいセナは珍しく息を切らしていた。

ただでさえ暗くなってきた道を、あの目で急いでくるのは慣れていても大変だろう。

「無事で良かった……でも、でもでもだけど!!　勝手に出ていくなんて駄目じゃない!?　日向クンにもしものことがあったら私はどうすればいいか――！」

「そこまでだ、霧雨」

いつものようになってきたセナの口ぶりを止めたのは、鋭利すぎる静かな一喝《いっかつ》であった。

僕は慎重に視線を戻す。桐生家の居間の、テーブルをはさんだ向こう側。

「座れ霧雨。お前が来たのは、子供の心配をするためじゃないだろう」

――鬼が、いた。

桐生新左エ門《しんざえもん》。桐生心音の父であり、本物の鬼。

和装の下にある肉体は隠れていても筋骨の隆々《りゅうりゅう》さを感じさせる。

そして、額《ひたい》上部から伸びる角は間違いなく本物だ。

ただし僕が恐怖しているのは彼の見た目ではなく、明確な内面の迫力に対してであった。

「……ええ、私の監督不行き届きだったわ。この子の保護者として、心からお詫び申し上げます」

「セナさん……っ！」

そしてセナは深々と頭を下げた。

僕はそれがどうしようもなく嫌で、自分が何をしたのかを思い知らされて、言葉を詰まらせるしかなかった。

何をやっているんだ……僕は……！

「謝るのなら別に構わない。お前には私の父も世話になったのだからな」

そして新左エ門さんは僕の方を見る。

「波野日向、不法侵入の件は霧雨の顔と……妻と仲の良かった君のご両親に免じて不問にする」

「え、あ……ありがとうございます」

新左エ門さんはあっさりと僕を許してくれた。

無論セナと両親のおかげで、僕は迷惑をかけただけなのだが……やはり安堵してしまう。

「しかしだ、娘には会わせない」

「それは……！」

慌てた僕に新左エ門さんは睨《にら》みを利かせた。

紛《まご》うかたなき鬼の眼光――明確に込められた《敵意》。

彼は僕を許してくれた。だが、決して認めない部分がある。

僕の、最も重要な目的に関しては――。

「……考えればわかることだ。娘が学校に行きたくなくなるような理由を作った男をどうして引き合わせる？　普通、親ならば、そんなことをさせない」

「けど……！」

「黙るがいい」

「――――ッ！」

今度は本当の本当に――命を狙うような眼差しだった。

ただの一睨みだけで、心臓を握りつぶされたのではないかと錯覚する。荒くなった呼吸だけが生きていることを実感させた。

「新左エ門！　せめて話を聞いてあげて！」

「話は終わりだ霧雨、娘には会わせん。――昔がどうであろうと関係ない、このまま出ていって、二度と我が家に関《かか》わるな。命が……惜しいならな」

敵意はいつしか殺意へと変わっていた。

遥か昔から人々を苦しめ、恐怖に陥《おとしい》れてきた力の象徴。

僕の体を走る原始的で本能的な恐怖はそこから来ているのだろう。《鬼》とはただの怪物や幻想種なのではない。人間に刻まれた恐怖という感情の具現そのものなのだ。

時代が時代なら、鬼が御伽噺《おとぎばなし》の中だけの存在になる以前なら——頭から食われていただろうか。

軽く考えすぎていた。幻想種は全部、敵意などないものばかりだと勝手に考えていた。

だがもうこれはどうにもならない。諦めて、家に帰るしか——。

『——ここなら、僕はきっと生きていける気がしますから』

ふと蘇《よみがえ》る言葉。つい先日に、僕自身が抱いていた感情。

よりどころがない自分を衝《つ》き動かす、僕自身の言葉——。

「日向クン？」

僕は必死で立ち上がる。新左エ門さんは、そんな僕を鼻で笑った。

足は、どうにか動いた。心も、どうにか定まっている。

声は——言うことを決めている。

「一つ……だけ、構わないですか。桐生さんの、お父さん」

「お父さんなどと呼ばれる筋合いはないが……まあ、聞いてやろう。何だ？」

「あなたも《波野》を……僕の家が何をしていたのかを知っているんですか？」

新左エ門さんはしばらく黙った後、ほんの少しだけ頷いてみせた。

『知っている』と、無言で認めた。

「――それじゃあ、なおさら帰ることなんてできません。帰るなんて、絶対に嫌です……！」

奮《ふる》い立つ。

冷たい恐怖に打たれ続けていた体の中が、思い出した言葉によって熱を得てきた。

自分でも気づかない間に、僕の心は決まっていたのだろう。

「僕は、家族を失いました」

だけど、過去から繋がる絆があることを知った。

「僕には、これと言って目指すものも決まっていません」

だけど、譲れないものがあることを知った。

幻想種の中で生きることは、僕にとって過去との繋がりを知っていくことだ。

それを今、こんな程度で逃げ出してしまったら……二度と、僕はどこにも行けなくなる気がした。自分自身で、僕を知っている幻想種たちを手放してしまいそうだった。

何よりもそれは恐ろしい。僕はもう、それを手放すことなんてきっとできない。

「だから……僕は知りたい。セナさんがまだ話してくれないことを、僕の家が何を成してきたのかを。それを知る前に、誰かと――桐生さんと二度と会えなくなるなんて嫌だ！」

他人の家で声を荒らげるなんて、なんと無作法なことだろうか。だがもう止められなかった。

ああ——そうだ。僕はもう失いたくないのだ。

家族も、友人も、幼馴染みも、姉のように振る舞ってくれるこの女性も、そして——幻想する

ら。

この手から零《こぼ》れ落ちていくものを見ているのは、もう嫌だった。

「……お願いします。桐生さんに会わせてください。会って、話をさせてください。僕は、ずっと一緒にいたあの人まで失いたくないんです！」

しばらくの間、新左エ門さんは逡巡《しゅんじゅん》していた。

その表情は先ほどまでの殺意の滲《にじ》んだものではなく、娘のために悩む親の顔だった。

「君の気持ちはわかった。そうだな……管理人としての波野の家については、霧雨ほどではないが知っている」

やっぱり、そうなんだ。

波野は誰でも知っているんだ。

「それに私の言い方は少しばかり薄情だったかもしれない。ご両親のことはもとより、波野秀継さんのご不幸は私も聞いていた。謝罪しよう——辛《つら》かっただろうに」

「……！」

そう言って、新左エ門さんは顔を伏せた。

一方的に押しかけてきたのは僕の方だ。不法侵入も含めて、悪いのは僕の方である。

だが新左エ門さんは父として……あるいは大人として、冷静に考えてくれたのであろう。目の前にいる青臭《あおくさ》い少年が大事なものを奪われ、やっと居場所を見つけたのであると。

そこまで考えた結果、おそらく自分の態度は高圧的すぎたとの結論に至ったのだ。若すぎる少年に、理由はあれども再び大事な関係や居場所を奪うようなことを言ったのだから――。

「気持ち、通じたみたいね」

顔を近づけ、小声でセナが耳打ちする。

その目には、穏やかな賞賛が垣間見《かいまみ》えた。

「新左エ門、どうか少しでも構わないの。心音ちゃんと会わせてあげられない？」

「すまない……何度も言うがわかってほしい。やはり娘と会わせるわけには……」

悩みに悩んで、新左エ門さんが口を開いたその時だった。

「――お父さん、いったい何の騒ぎ…………い？」

「あ」

「え」

桐生心音、その人が襖《ふすま》を開けて、首だけを覗《のぞ》かせて立っていた。

ちらりと見えた服は……寝間着だろうか。

桐生さんは面食らったような表情から一気に顔中を赤く染めた。

「な、波野くんなんで？　どうし…………——あ、あぁああああああ!?」

叫び、そしてダッシュである。

桐生さんは襖を勢いよく閉めると、即座に廊下を駆け出した。音はすぐに遠くなり、辛《かろ》うじて奥の方で扉が開閉するのだけ聞こえた。

「え……っと？」

振り向くと、新左エ門さんは頭を抱えていた。頭痛が酷そうな面持ちだ。

大きなため息を吐くと、彼は腕を組んで肩を落とした。

「……今さら帰れとは言えんな。波野君」

はいそうですね、とまでは声が出ない。仕方なく、軽く頷く程度が関の山だった。

「こうなったらしょうがない。あの子のために敢《あ》えて言うのだが……心音はね、昔から君のことが好きなんだよ」

「好——えええええええええええええっっ!?」

す、好き？　桐生さんが僕のことを好き!?

いや、落ち着け、そんなのって——えええええ!?

「あらあら！　やっぱりそうだったのね!?」

やっぱりって!?　何ですかセナさん!?　あとどうして少し嬉しそうなの!?

「話を聞きたまえ。父としては非常に複雑だが……娘の幸福を願うのもまた親心だ。本人が認めた相手であれば考えてやらんこともない」

……あくまで考えるなんだ。

「しかしだ、娘が心の底から君を想うわけではなく……外的な要因によってそういう感情を抱いているのならば話は別だ」

それはどういうことだろう。

桐生さんは誰かに操られたり、僕のことを好きだと思い込まされてしまっているとか？

「今の話をもう少し詳しく教えよう。その後でなら娘に会いに行くがいい。私がいては話がまとまらなさそうだからな。父親という役回りは本当に……難しいなぁ……」

至極残念そうに語る新左エ門さんは、白旗を振るように話し始めた。


「心音《ここね》ちゃんの部屋はこっちだったわね」

居間から少し進んだ廊下の途中。階段の上。

きっと彼女はあそこにいるのだろう。

「でも、すごいわね日向《ひなた》クン。新左エ門《しんざえもん》を説得しちゃったのよ？」

「あそこで桐生《きりゅう》さんが顔を見せなければ無理でしたよ。いや、あれが良かったのかはまだわからないですけど……」

ラッキーではあったが話はまたややこしくなった気がする。

しかし何というか……桐生さんが——僕のことを……。

「顔、真っ赤だけど？」

言われなくてもわかってる。僕は、とても嬉しかった。

昔から知っている女の子が、そんなふうに想ってくれているなんて。

家族とはまったく別の繋《つな》がり。言いようのない感情の沸き立ちが、微《かす》かではない高揚《こうよう》を与える。

「というかセナさん、本当に嬉しそうですね」

僕と桐生さんの関係が微笑ましいのだろうけれど、まだ別の理由がある気がする。

「わかる？　……懐《なつ》かしくてね。幻想種に向き合おうとする姿勢が、私の先生にそっくりだったから」

先生とは、嘘つきだったという僕の曾祖父《そうそふ》だろうか。少し複雑な気分だ。

「まあ、あの人はひどい嘘つきだったけれどね」

そしてセナは真面目《まじめ》な顔で、人が幻想種に向き合おうとする姿勢は最も大事だと話す。

「幻想種の生まれ方に関することだけど。純粋な幻想種ほど、人がいなければ生まれないの」

「人が必要なんですか？」

「そう。数多《あまた》の人間が紡《つむ》いだ夢、願い――あってほしいと思う願望の結晶が私たちなのよ」

そこまで聞いて、幻想種は人間にとって憧《あこが》れの対象なのではないかと思った。

彼らは僕らにできないことをやってくれていたのだ。山を軽々と越える力を見せ、大空を舞う巨大な体を見せ、深い海の底で強大な捕食者として存在することを見せてくれた。

それもこれも、かつての人間がそういうものたちの存在を願ったからだった。

人々が幻想種に惹《ひ》かれるのは、きっととてつもなく痛快だったからだろう。

人には絶対にできない力と姿を見せてくれる幻想種が――とてつもなく愛《いと》おしかったのだ。

「……恋みたいだな」

「恋？」

「え？　ああっ、と……いや」

不意に飛び出した言葉はそんなものだった。

セナは顔を崩して笑みを見せる。

「恋……ふふ、あははは！　そうね、まるで恋物語。人間と幻想種の関係は、見えなくても愛おしさを感じてくれた人間と、気づいてくれたことを喜ぶ私たちの恋から始まったのかもね」

セナは本当に嬉しそうだった。自分たちの存在に、ぴったりと当てはまったのだろう。

もしくはとても単純な――やっぱり恋物語なんていう女性の喜びそうな話だったからか。

「……そういう恋も、ほとんど冷めてきたんだけど」

多くの不思議な現象は科学で解明できた。もちろんまだまだわからないこともあるけれど、身近なことほど、人はそれに正解を得てきた。

奪ってきたのだ、僕らは。わからないことをわかるようになればなるほど、きっと幻想種がしていてくれたことを奪ってきた。

人は幻想を生み、幻想を奪い消した。

それもまた自然の摂理《せつり》だ。僕は人間として、回答を得てきた人類を否定なんてしない。

ただ、猛烈に――寂《さび》しいだけだ。

「長く話しちゃったわね。日向クン、行ってらっしゃい」

背中を軽く押されて、階段に足をかけていた。

ここから正念場だ。

息を呑んで、僕は数回ドアを叩《たた》いた。

中から返事はない。だけど、かすかに物音が聞こえたから誰かがいるのは確かである。

「桐生さん」

僕が一言呼びかけると、はっきりとわかるほどに『ガタリ』と音が鳴った。

「桐生さん、突然押しかけてごめん」

――たぶん聞こえているはず。そう信じて伝えた。

諦《あきら》めたくない。

「今日は、桐生さんに謝りに来たんだ」

『……！』

何故《なぜ》だろうか。不思議と、彼女が驚いたような気がする。

「僕はきっと――自分でも、情けないいんだけど、よくわかっていないいんだけども……君に酷《ひど》いことを言ったんだと思う」

角のこと。

桐生さんが《鬼》だという事実。

「僕は謝りたい。謝って、桐生さんにまた学校に来てほしい」

許してくれるならば、それを願う。

「学校のみんなはさ、桐生さんのことを心配してる。まだ来られないのかな？　とか、病気なのかな？　とか……理由は様々だけど、みんな、桐生さんに来てほしいと思ってる」

容姿の端麗さとか、頭がいい秀才だからなんて理由ではない。

桐生心音という人物は、本当に優しく穏やかな人だった。誰にでも親身になり、誰もやりたがらなさそうな雑用にも率先的に動き、彼女がいるだけで周囲が動くような存在だった。

人気者、だなんて言い切るのは容易《たやす》い。だけどもっと細かいところを説明するならば、桐生心音は多くの人の心に映る存在だったと言える。

いないこと、見えないこと、聞こえないことが当然ではない。そこに在《あ》るのが多くの生徒にとって、もはやなくてはならない光景だったのだ――。

「僕らには、桐生さんが必要だよ」

ドア越し。わずかな隔《へだ》たりの向こう。

この声がどこまで聞こえているのか。彼女が今部屋のどこで僕の声を聴いているのか、あるいは無視しているのかは定かじゃない。

だけど僕は、この言葉だけは絶対に届いてほしいと願った。

僕らの知っている日常の景色に――彼女の姿はなくてはならないのである。

「だから桐生さん、学校に……」

『波野《なみの》君』

声がはっきりと聞こえた。

部屋の奥の方じゃない。このドア一枚越しに彼女の存在を感じた。

『波野君、私も一ついいですか』

僕は少し戸惑《とまど》いながらも、いいよと返す。それ以外に何も思いつかなかった。

『波野君は……波野君も、私が必要ですか?』

「そんなの、当然だ」

僕はまっすぐに答えを返す。

ああ、単純なことだ。桐生さんがいなくなって、寂しくなったのは僕だって同じだった。佐伯《さえき》にいろいろと言われたが、僕だって……桐生さんがいない日常は、どこか欠けてしまったようで嫌である。

家族がいなくなって喪失した僕の過去。だけど今ならよく嚙みしめられる。

互いによく知る幼馴染み。そして幻想種。桐生さんだって——僕の、大事な過去だったんだ。

「君がいないと寂しい。だから、許してくれるなら……また、来てくれないかな」

そして。

「謝りに来た上で……でも、一つ訊《き》きたいんだ」

僕はやたらと粘り気を感じる唾《つば》を飲み込んだ。

これはとても残酷で、非情で、無礼極まること。

大事なものを否定してしまうかもしれない行為だ。

「……桐生さん、僕のことが好きなの？」

今度は、何も聞こえなかった。

息を殺して——いや、本当に息の根を止められたような静けさ。

これは本当に、僕から言わせれば心臓を抉《えぐ》り出して晒《さら》せと求めるような残酷ささえ感じる。

でも問わなくてはならない。問わなくては、進めない気がしたから。

その時、コツリと体がドアの内側にぶつかる音がした。


『……はい』


その小さな肯定《こうてい》に、体中から言いようのない高揚感が湧き上がる。

桐生さんほどの人に好意を向けられて、嬉しくないやつはいないだろう。佐伯なんてあんまり興味なさげだったけれど、誰でも彼女からの好意は誇らしいものだと思うだろう。

それほどに、桐生心音という人物に振り向いてもらえることは多幸感があったのだ。

『私は、波野君のことが好きです。ほんとは、昔からずっと目で追っていたんですよ』

ドア越しで良かった。この真っ赤な顔を見せるのはとても恥ずかしくてしょうがない。

クラスメイトのいない場所で良かった。この今の状況を見せれば、誰もが羨《うらや》むだろう。

『覚えていますか？　小さい頃に引っ込み思案だった私を、波野君が手を引いて遊びに交ぜてくれたこと』

……何だろう。そこまでは思い出せない。

正直に伝えると桐生さんは笑い声を漏《も》らす。

『ですよね。だけど、私は忘れません。波野君が握ってくれた手は……本当に、温かかった』

僕は自分の掌《てのひら》を眺めた。

僕自身には見えない、彼女の思い出が宿っている。

『それから……私の視界の中には波野君が映るようになりました――うん、きっと、そこからだったんだと思います』

クラスメイトの告白は、思った以上に心の奥底にまで響いた。

警戒をさせず、驚かせもせず、染《し》み入るように一言一言が胸を満たしていく。

桐生心音の言葉に、嘘は一つも感じなかった。

『私は、本当に波野君のことが好きです。私の心にいつでもいるあなたが……。あなたと長く過ごした何でもない日々がとてもとても――愛おしい、です……』

伝える言葉を失くしたように、桐生さんの言葉は消え入る。

これ以上の告白はない。これほどの恋心を告げる言葉は他にはない。

ああ、もう、本当に――このような状況じゃなければ、きっとこれはなんて甘酸っぱい恋物語だっただろうか。

『とても嬉しいよ。僕で良ければ』。この言葉を伝えられれば、どれほど楽だろう。

頭を掻きむしりたくなる。どこかにぶつけてしまって、痛みで今からすべきことを忘れたくなる。

だがどれもできやしない。選べる権利を持っていない。

僕が、《波野》だから。

これはもしかすると、純粋な恋とは呼べないものかもしれないのだから。

「桐生さん、聞いて」

『…………』

明らかに唾が飲み込まれた。彼女もまた、返事を待っているのだ。

自分の好意をはっきりと伝えた相手の言葉を待っている。たとえ、どんな結果になろうと。

「正直……僕も、いや僕は、桐生さんにそう言ってもらえてとても嬉しい。僕は、君ほどの女の子にそうまで想ってもらえて、身に余る光栄だと思う」

これは本心だ。

佐伯は言った。『告《コク》るの？』と。そんなことは絶対にしないけれど――絶対にしないけれども、実のところを言えば、言ってみたかったかもしれない。

僕と彼女のアドバンテージ。幼馴染みという長い時間を共有している関《かか》わり。そういう関わりにちょっとした優越感を得て、『告白をしたとしたら一番受け入れられる可能性が高いのは僕じゃないのか？』なんて、青臭い勝手な妄想も心の隅にあったのを否定できない。

結局僕は、桐生さんに告白をしない。桐生心音は僕の身の丈《たけ》に合う女《ひと》じゃない。

だけど、だけど、だけども――敢えて、言うのなら。傲慢《ごうまん》な答えを言ってもいいのなら。

桐生心音は、僕が一番好きでいられたかもしれない女の子だった——。


「でも、ね。違うんだ」

君の想いは、違うのだ。

「君が僕のことが好きなのは理由がある。……君はたぶん、僕のことを好きになったんじゃない、かもしれない」

目を閉じれば思い返される、丘の上の森で多くの幻想種に囲まれたことを。

彼らから感じた、温かな雰囲気を。

一つ目に襲われた時の、幻想種の恐ろしい一面を。

「僕も詳しくは知らない。けれど……《波野》の家は、ずっと幻想管理人だったらしいんだ。それで、波野は……」

ここに来る直前の、新左エ門さんの言葉がノイズを伴って記憶を巡る。

『波野の血は、多くの幻想種にとって存在しているだけで好ましいものだ』と。

それはどういう意味だと問う僕に、彼はより詳しく話してくれた。

セナはじっとして、微《かす》かな笑みすら浮かべていない。

『波野の血は幻想種を引きつける。夏場の、虫を呼び寄せる樹液のようなものだ。ただいるだけで、全ての幻想種は君に安らぎを覚えるだろう。良い意味でも悪い意味でも、君の存在を好むのだ』

『じゃあ、桐生さんが好きっていうのは……』

『君の血から来るものかもしれない。何故《なぜ》わかるんだ？　という顔をしているな。それは──』

「──君から、これだけは訊かなくちゃいけない」

息が詰まりそうになる。

ここでやめたくなってしまう。

これ以上、苦しませたくない。

「……桐生さん、僕を──食べたいんじゃないの？」

『────!!』

明らかに。明らかに空気が変わった。

張りつめていたけど、どこか穏やかだった空気から……まるで、ガラスを砕け散らせたような荒れたものになった。

新左エ門さんは言っていたのだ。

『愛しきほど、愛しきほど、相手を食らいたくなるのが鬼だから』と。

『愛しくても、愛しくなくても、食らってみたくなるのが波野《きみ》の血だから』と。

鬼にとって、捕食欲求は当然のものだ。

幻想種というくくりを抜かして考えるならば、鬼はかつて人間にとって最大の天敵だった。人を恐れさせ、人を攫《さら》い、人の敵になったものだった。それは現代に至っても変わらない。

他者を食らう。人を食らう。そういう欲求を、今も彼らは抱き続けている。

故に、父である新左エ門さんはすでに気づいていた。

娘の好意はとてつもなく尊く純粋だ。しかしその背を押している気持ちは、全てが完全な恋心ではなく、多分に《食欲》が含まれていると。

僕は耳を疑いたかった。でも、今はそれを事実だと認めることができる。

この空気がどうしようもなく認めさせている……幻想種を感じ取る、僕の血が。

「……くそ」

僕は小さく、蚊の羽音よりも微《かす》かな声音で吐き捨てた。

僕自身、こんな答えは嫌だった。信じたくないし、そんな馬鹿なと言いたかった。

だが、この事実を拒絶することはできない。

『うぁ……！　ぁあ……！　ああっ……！！』

ドア越しに漏《も》れる嗚咽《おえつ》。止まらない感情の流れ。

僕は握りしめていた拳をほどいた。

掌には、食い込んだ爪で血が滲《にじ》んでいた。


『……波野君、まだいますか』

「……いるよ」

何分くらいたっただろうか。立ちっぱなしの僕は足腰の疲れも覚えないまま、ひたすらに泣き声がやむのを待っていた。

全ては桐生さんのためにだ。

『お父さんに聞いたんですか』

「……うん」

『ひどいお父さんです』

「……かもね」

『私が泣いてるのに、波野君しか来てくれません』

「……そうだね」

『……ねぇ、波野君』

「うん？」

『私……波野君が食べたいです』

「……そう」

自分でも不思議なほどに、この言葉を聞いても心は落ち着いていた。

食べたいと言われたのだ。必然的にこれは殺すぞという殺害宣言である。

だが今の僕にはそんなふうには思えなかった。

泣き疲れて、どうしようもなくなって、楽になりたい女の子の言葉だ。それだけでしかない。

『波野君、学校で私の角のことを言いましたよね』

「ああ、うん……僕はそれのせいで来れなくなったんじゃないかって思ったんだ」

『はい、そうです』

少しだけ、笑われた気がした。

『あの時私は、とってもショックでした。誰にもバレずに、鬼の姿を隠してきたんですから……でも、波野君にあっさりバレちゃいました』

「……あっさりじゃ、ないけどね」

もしもセナや幻想種たちに会わなければ、きっとこんなふうに話せる機会はなかっただろう。

僕が桐生さんの角に気がつくこともなかった。

『実はですね、私は……自分の血が、憎くてたまりません。大嫌いなんです』

桐生さんの声色に、僕の知っている穏やかさはない。

冷たい刃物を研《と》いでいるような――人と幻想種の違いを再確認させるものだった。

『鬼の血なんて気持ち悪くて仕方がない。大好きな友達も、挨拶《あいさつ》をしてくれる近所の方も、登校途中に手を振ってくれる小さな子供たちも――人間は、みーんなおやつに見えるんですよ』

おやつ、と言われて。それが恐ろしいことだとわかる。

好意的な関係でも……それらが極論《食べられる》ものとして扱われてしまう恐ろしさだ。

『波野君に言われた時、もう訳がわからなくなりました。大好きな人に、大嫌いな自分を暴かれて……心が焼け焦《こ》げたみたいに、火傷《やけど》したみたいにジンジンして掻きむしりたくなって――気がついたら家にいました。家を、出られなくなりました』

口をついて、「ごめん」と言いたくなったのを僕は耐えた。

こんな安っぽい表現は役に立たない。彼女の心に、届かない。

だけど何か言いたい。僕はたまらず叫ぼうとして、

「桐生さ――！」ガシッ「ガシ――え？　え……ッ!?　うわあああああああ!?」

突然開いたドアの向こうに引きずり込まれた。

『日向クン!?　え、ちょ、いない!?　え!?』

遠くで聞こえてきたのはセナの声だったか。

視界が二転三転して、電気が消されてカーテンの閉じられた部屋に仰向けに倒れ込む。

呼吸を整えて、ゆっくり目を開けると……そこには桐生さんの顔があった。

「波野……君」

「桐生さん……？」

暗がりでもわかるほどに、桐生心音の頬《ほお》は赤く見えた。

呼吸は少し荒く、角の生えた汗ばんだ額《ひたい》と――はだけた寝間着の胸元が、着やせしていた膨《ふく》らみの半分を露出させている。

大の字に倒れている僕の両手を桐生さんはがっちりと摑《つか》んで離さない。抵抗しようにも、細い腕からは考えられない力で押さえつけられている。

「波野君……波野君……波野君波野クン波野クン波野クン波野クン波野クン波野クン……!!」

「うおおおおおおお!?　桐生さん、落ち着いて！　頼むから頼むからぁ!?」

桐生さんの顔が徐々に近づいてくる。前髪がだらりと僕の額まで垂れ、鼻先があと少しで触れそうな距離まで来て――僕は見た。

あれを鬼の目というのだろうか。人間からはかけ離れた、まるで瞳に満月が宿っているかのごとき、爛々《らんらん》と輝く金色の目を。

《お前を今から食らってやる》――捕食者の目だ。

「…………っ！」

声は出なかった。

両手を押さえつける力に抗《あらが》う術《すべ》はなく、悲鳴を出さないことだけが僕の抵抗だった。

桐生さんの口が、がぱりと開く。そして徐々に、僕の首元へと向けられる。

薄皮の上に歯の感触が当たる。噛まれる――そう思った次の瞬間は訪れなかった。

桐生さんは力が抜けたように、頭を僕の胸元へと落としたのだ。

「隠してた一番の理由は……嫌われたく、なかったんです」

耳元で彼女は囁《ささや》く。そこには、一切の怖さがなかった。

悲しむだけの囁きだ。

「嫌われたくなかったんです！　だって――私はやっぱり《鬼》だから！　私は……ヒ、ナ、君に好きになってもらえるものなんかじゃない……!!」

胸元で泣き、叫ぶ桐生さんに僕は何もできなかった。

ただ嵐のように激しく嘆《なげ》き続ける女の子の言葉を、受け止めることしかできない。

「ヒナ君が好き……！　でも、食欲かもしれない！　自分でも、わからないんです！　好きなのか、食べたいのか。好きだから食べたくなったのか、食べたいから好きなのか!!　何も――何も!!」

桐生さんは叫び終えると、一度だけ顔を上げた。

「でも、やっぱり好きで……好きだから！　ずっと好きだったから、傷つけたくないから！

私は、ヒナ君が生きている方が嬉しいから……！」

倒れている僕の胸元。目が合った彼女の顔は、記憶の中の品行方正な桐生心音のものではない。

自分の生まれに悩みながら、必死で生きている女の子の表情だ。

どこにでもいる――必死で青春を生きようとしている命だ。

「わからない……わかんないよぉ……どうしたらいいか、わかんないよ……」

泣きじゃくる彼女の心は理解できた。

わからないということは足が止まるということだ。

明瞭《めいりよう》だったこれまでの道が、突然真っ暗になってしまうことだ。

進むことも戻ることも怖くて立ち止まることしかできない……そんな状況のこと。

きっと、祖父の遺言がなければ、僕もきっと桐生さんと同じだった。わからなかった。

何も見えなくなった心を、ずっと立ち竦《すく》ませることしかできなかった――。

「……桐生さん、ごめんね。辛《つら》いことを言わせちゃった……」

彼女自身にとってのタブー。心の内側に潜《ひそ》むトラウマ。

全部を僕が暴き出した。その責任は僕にある。

「僕はさ、とても呑気《のんき》に考えていたよ。今僕を引き取ってくれている人も幻想種らしくて……

幻想種でも人間社会で普通に生きていけるんだなって思ってた」

だが実際は違う。彼女らは彼女らで、相応の問題と不安を抱えながら生きている。

ある意味で僕ら人間よりもずっと息苦しく——そして気高く生きているのだ。

「桐生さんは《鬼》の血が嫌いだって言った。僕はそのことに口出しはできないけれども、でも僕は桐生さんをすごいと思う。自分の血と向かい合って、必死で悩んで立ち向かおうとしてるのは絶対に誇っていいもののはずなんだ」

困難に立ち向かうこと。逃げずに、嫌いながらも自分の血を受け入れながら進むこと。

それができないのならば、桐生さんはきっとここにはいないだろう。

「桐生さん、学校って楽しい？」

「……楽しいです。友達がいます。賑《にぎ》やかなクラスの人がいます。鬼の私になんかもったいないほどに……みんな、生き生きと輝いて見えます」

「そっか。うん、桐生さんからはそう見えるんだね」

桐生さんの告白を聞きながら、あの時……鬼の性《さが》を聞いて少し逃げたくなった僕に、新左エ門さんが語ったことを思い出していた。

『誤解しないでほしい。我らはもはや人を食べはしない。もう、満たされているからだ』

古き鬼が何故《なぜ》人を食らい続けていたのかはわからない。だが、現代では違う。

長き歴史があったからかどうかは定かじゃない。だけど鬼は、人を食うこと以上の何かを獲得していたらしい。

人ではない鬼の立場からしても、桐生さんは人を決して見下したりはしていなかった。むしろ、生きている人々を羨《うらや》むような喜ばしく思うような――食欲ではない、何か。

『娘に会うかどうかはもう任せるとしよう。君がやれるなら、あの子に気づかせてやってくれ』

僕は新左エ門さんの言葉を思い返して、問いかける。

「桐生さんは、家にずっといて楽しい？」

「……いいえ」

桐生さんは首を振った。

相変わらず僕の上に乗ったままで、振った拍子《ひょうし》に頰の涙が散る。

「いいえ、いいえ、いいえ。楽しくないです。外に出たいです。学校に行って、友達に会いたい。みんなに会いたい。本当はみんなと……一緒にいたい……！」

それが答えだった。

いや、それしかなかった。ただ彼女は――少し、僕のせいで迷っただけで。

『心音がすでに持っている大事なもの、それは食欲なんかじゃない。私の言葉など今は届かないが、あるいは君ならば――』

『本当に任せてくれるの？　新左エ門』

『二言はない。……だから、やってみなさい波野君。それはきっと、君の知りたいことにも繋がるだろう』

新左エ門さんの懐《ふところ》の深さには感謝しかない。だから、僕はしっかりと応《こた》えるのが務めだった。

彼女はもう大丈夫。どれほど心の奥底からの誘惑があっても、それらを容易に克服することのできる幸福を知っている。

なら、僕はその背を押そう。

道が見えないなら、手を引いて行こう。

「うん、じゃあ桐生さん、また学校に来てよ。学校で、また会おう」

僕は幸福の在り処を示した。

彼女が気づく距離までその手を引く。

「桐生さんの幸福は、今はあそこにあると思う。僕らにとっても同じで、僕らだって桐生さんに会えることは幸せだよ。だから……」

未《いま》だに仰向けのままの体勢だが、僕は片手を差し伸べた。

すでに、さっき告げてあった言葉に、今度は仕草も交えて。摑《つか》んでくれと手を伸ばしてみる。

「君と別れたくなんてない。君と、一緒にいたいんだ」

君に必要なのは、ただ一つだった。

『大丈夫』という意味に、類する言葉。ごちゃ混ぜの感情に与える、一筋の道。

君の知っている幸福は間違いじゃない。何にも負けないものだ。

自分自身を信じられなくて怖くて蹲《うずくま》るのなら、僕が手を添えて立たせてあげる。

「みんなと一緒にいたいけど、自分が怖いのなら……僕がついてる」

それでもまだ勇気が出ないというのなら。

「手を取って、心音」

懐かしい呼び方をしよう。

いつかの日に、思い出の中で、君を呼んだように。

「ヒナ……君……」

心音は目を見開き、伸ばされた僕の手を丁寧《ていねい》に両手で包み込んだ。

ぽたり、ぽたりと落ちる、彼女の涙の冷たさが僕に伝わる。

「温かい手……」

包んだ温《ぬく》みに、彼女は額を預けた。

「あの頃と、同じ……ヒナ君の……」

手を取って、彼女を連れていく。

それが桐生心音という、大事な幼馴染みへできることだ。

「心音」

僕はさらに呼びかける。

もう一つだけ、伝えなければならないことがあった。

「『生きている方が嬉しい』って言ってくれて、ありがとう」

とても小さなことだし、この前に似たようなことを言われたばかりだけど。

僕にはその点を、絶対に感謝すべきように思えた。

「……ヒナ君にお願いがあります」

包み込まれた手が、少し強めに握られる。

痛くはない。痛いのはきっと、この子の心の方だ。

「もしも私がまた迷って泣いていたら、助けてくれますか。どんな私でも、助けてくれますか？」

返事は決まっている。残った片手で、僕は心音の手をさらに包み込んだ。

「助けるよ。僕は、僕のできる限り。絶対に君を助ける」

「ヒナ君――っ」

心音は手をほどいて、仰向けに寝ている僕に覆いかぶさるように抱き着いてきた。

「ありがとうございます……ありがとう、ございます……」

それは消え入るように、そして始まりのように微か。

僕の胸に押しつけられた心音の鼓動は、眠っているかのように穏やかだった。

（良かったんだよな……これで？）

抱きしめられてから数十秒くらい。そろそろ恥ずかしくなってきたところで頭が冷めてくる。

今回の件は――悪い偶然が重なっただけだ。

桐生心音の想いと、鬼の血と、僕の存在。

「……大概《たいがい》が僕のせいな気がしないでもないけど」

「そんなことありません」

気がつくと、心音は涙を拭《ぬぐ》い――どこか晴れやかな顔をしていた。

僕が教室でよく見るような、いつもの彼女に近い雰囲気だ。

「ヒナ君のせいなんかじゃないですよ。これは私の問題でした。むしろ……心に刺さっていた棘《とげ》を抜いてくれました」

「そんな大層なことはできてないと思うけどね」

「いいえ。もしもヒナ君がいなければ、ヒナ君と出会って、この瞬間に立ち会えなかったら……きっと、私はもっと悩んでいたでしょうから」

自分の掌を眺めながら心音は呟《つぶや》いた。

遅かれ早かれこの瞬間が来たのだろう。と、彼女は言いたかったのだ。

「たとえ誰かが美味《おい》しそうに見えても……私は、もっと大事なことを信じようと思います」

それさえあれば、きっと歩んでいける。

いつまでも、いつまでも。

「あの……ヒナ君。一つだけお訊きしたいんですが……」

「改まってどうしたの？」

「助けてくれるのとは別で……私が鬼でも、ヒナ君は嫌いにならないでいてくれますか？」

僕は一瞬だけ驚いて、すぐに答えた。

「うん、嫌いになんかならない。僕は心音が鬼でも絶対に嫌わないよ」

これを伝えると、心音はやっと本当に安心してくれたようだった。

消え入りそうな声で「良かった」と聞こえ、緊張が解けたのか再び僕の体に身を預ける。

先ほどと同じように、彼女の顔が僕の上にあった。息がかかるたび、その箇所が熱い。

「ヒナ君……」

……やばい。なんだろう、やばい。

熱い吐息《といき》が漏らされるのに比例して、また冷静さが失われていく。

密着した心音の体。汗ばんで、わずかに湿った寝間着。

「ヒナ……君……」

心音の顔が近づいてくる。僕の顔が吸い寄せられる。

（あ、これマジでやば……）

抗えない引力で繋がろうとして――。

「ちょおおおおおおおおおっと！　待ったぁぁぁぁぁあああああああああ!!」

豪快にぶち破られたドアの一部が、僕らの頭上を飛び越えて壁に突き刺さった。

「だ――駄目よ、心音ちゃん!?　日向クンを食べようなんて、そんな早まったことは駄目!!」

目を丸くした僕らが見たのは、肩で呼吸している霧雨《きりさめ》セナの姿だった。

いやそれより……ドアが……。

「このドア、かなり頑丈なんですけど……」

驚いている心音の視線は破損したドアの残骸に向けられている。

「いくらなんでもそれだけは止めなくちゃ――って……あれ？　あの、あれ？　日向クン大丈夫なの……？」

「ええっと……はい。諸々《もろもろ》、解決しました」

「あ、そうなの……でも心音ちゃん、その体勢は……？」

「え？　あ、わわわっ!?」

指摘されて慌てて僕から離れる心音。……ちょっと名残惜《なごりお》しい。

「まあ解決したのなら良かったのだけど……ドア……新左エ門になんて言えばいいのかしら」

壊れたドアと散らばる破片を見てセナは落ち込む。

そんな姿を見て何を言えばいいのだろう。

でも彼女が駆け込んでくれた時のことを思えば、おそらくは一つしかない。

「ありがとうございました、セナさん。その、助かりました」

「……そう？　だったら良かったわ。うん、安心した！　……でもどうしようこれ……」

あのままだといろいろな意味でどうなっていたやら。ああ、やっぱりセナには助けられてしまう。

今後は彼女に心配をかけないようにしよう。僕の手を引いてくれている、大事な人には――。

「ヒナ君」

うんうん唸《うな》るセナから隠れるように、心音が僕の袖《そで》を引いて話す。

「私、あなたのことが好きな気持ちは……もうちょっと我慢します」

「……そっか」

「少しは残念に思ってます？」

僕はややあって返した。

「……少しだけ――いや、割とね」

「それなら、気持ちを伝えた甲斐がありました」

心音は満足げに笑う。

「だけど、いつかもしもこの心の整理がついたら。もっとはっきりとした想いができたら。私の感情が鬼の血に勝ったら……必ず、ちゃんと言わせてください。最初がどうであれ、この温かい気持ちは嘘じゃないと思うから……」

彼女の中でどういう気持ちが湧き出たのかはわからない。

でも、きっとある程度の結論がついたのだろう。迷わない気持ちから来る言葉は、とてつもなく力強いものに聞こえた。

「私は、ヒナ君のことが好きだって——いつか、必ず……」


「皆さん、おはようございます」

翌日、僕らのクラスに桐生さんが姿を見せた。

集まる視線、駆け寄る友人。心配そうに向けられる視線の全てに、彼女は笑顔で返していく。

「ご心配をおかけしました。だけどもう、大丈夫です」

肌に伝わる、蘇《よみがえ》る活気。

やはり桐生さんはこの場所に必要だった。それは、僕にとっても同じだ。

『お疲れ様、日向クン。問題解決ね』

昨晩、セナと合流後に言われた話が思い出される。問題は解決したが、それは僕の力ではなく、周りの協力のおかげだ。

『だとしてもよ。あなたは自分で苦しみを抱えた幻想種を助けようとした……それは、幻想管理人の仕事よ』

『管理人の？』

『ハドにも言われたでしょう。管理人は幻想種と人間の仲介役だって』

桐生さんは鬼として人間社会で生きることに悩んでいた。

僕はそれを、彼女がこれからも人間社会で過ごしていけるようにはげましたのだ。それを誰かに強制されたのではなく、僕自身の意志で。

『困っている幻想種がいるのなら、それを助ける。日向クンも管理人の仲間入りかしらね？』

冗談交じりに笑うセナの言葉に、僕は特別なことをしたとは感じてなかったけれど、少し嬉しかった。

僕は幼馴染みである桐生さんを助けただけだ。でもそれはセナや、僕の先祖がやってきたことに繋がっている。

先人が救い続けたものに比べれば大したことではないけど……幻想種を、助けられたのだ。

僕を知る幻想たちの世界に少しでも恩を返せるのなら――割と、管理人に憧《あこが》れを抱ける気がする。

（……けど）

思うのは、どうして祖父・波野秀継《ひでつぐ》は管理人の仕事を嫌い、孫の僕にも秘密にしていたのか？

僕には幻想管理人がすごい存在に感じられた。だけど……どうしてじいちゃんは……？

「波野君、おはようございます」

「おはよう桐生さん。そうだ、これ……」

考えるのをやめて、僕は隣にやってきた桐生さんへ、待ちかねたように彼女のノートを返した。

「それと、こっちも」

続いて渡したのは僕のノートだ。

「桐生さんが休んでいた分の内容、まとめてあるんだ。たぶんばっちりだよ」

秀才の彼女のものには敵《かな》わないかもしれないけれど。

「ふふ、わかりました。じゃあ、ありがたくお借りしますね」

そして桐生さんは大事そうにノートを抱きしめた。

僕のノートが彼女の胸に埋まってしまったが、彼女は気づかず言いにくそうに口を動かした。

「……あの、心音って呼んでくれないんですか？」

今からまたあの呼び方をするのは恥ずかしい。あれはあの時だけだ。

「そうですか……」

桐生さんは少し残念そうにしたが、すぐに気を取り直した。

「じゃあ波野君、またお願いがあるんですけど」

何だろう。叶《かな》えられるものなら構わないけれど……。

「あの、ですね……」

桐生さんはそっと腰を屈《かが》め、僕の耳元に顔を寄せる。

わずかに揺れた黒髪の隙間から、昨日も嗅《か》いだ彼女の香りが広がる。そして唾を一口飲んで喉を鳴らし、静かに呟いた。

「二人きりの時は……昔みたいにヒナ君って呼んでもいいですか？」

心臓が跳ね上がる思いで桐生さんの顔を見ると、いたずらっぽく微笑んでいる。

僕の返答を待っている。どうにか答えようとして――。

「心音ちゃん、何を話してるの？」

「そう、波野君と何をしている？」

割り込んできた彼女の友人たち。桐生心音の回答に聞き耳を立てるクラス中の男子の視線。

まるでステージ上に立ったように少女が言い放つのはただ一言。

「内緒です。ねえ……――ヒナ君？」

とたんに浴びせられる敵意と興味のスポットライト。

問い詰めるために近づいてくる群れ。僕は脱兎《だっと》のごとく逃げ出すはめになった。

（まだ『いいよ』って言ってないじゃん！）

しかし、だけど。

逃げ出す直前、彼女の幸せそうな顔を見られたから……きっと、あれでいい。

日常に戻ってきた桐生さんには相応《ふさわ》しい、希望に満ちた世界だった。


「――はぁ、はぁ……っ」

息を切らして、僕がたどり着いたのは人のいない部室棟《とう》だった。

活動時間外だから廊下には電気がついてなくて薄暗い。とりあえず、授業が始まる寸前まで
ここで隠れていよう。

「……ん？」

その薄暗い廊下の向こうから、こっちに誰かが歩いてくる。

それは僕からやや離れた、特に濃く影のかかった位置で止まり、笑い声を上げていた。

「……佐伯《さえき》？」

「よう、波野！」

こいつ、そういえば朝は見なかった。しかしあの作戦でえらい目にあったぞ。

「そうだったのか？　あー……だったらすまん？」

「もういいって。きっかけはどうあれ、上手《うま》くいったよ」

不法侵入は相当に問題だったけれど……少なくとも、桐生さんを救うことができた。

セナに迷惑をかけたことはちゃんと反省するけど、その点だけは良かっただろう。

「そりゃあいいことだ！　つーかお前、いつあんな美人のお姉さんができたんだ？」

どうやら佐伯はずっと外から様子を窺《うかが》っていたらしい。それであの時、焦《あせ》って桐生さん家《ち》に駆け込むセナを見たのだ。

「なんかお前の名前を連呼しながら門の中に入っていったぜ。親戚？　……けど、良い人みたいだな」

「わかるのか？」

「わかるよ。お前、イイ顔になってるからさ。昔からお前は、なんか寂しそうだったからよ」

寂しそうって、そうだったのかな。

「そりゃもう、死にそうな顔だったぜ！」

いや、そんな自信満々に言われてもな……。

「じいさんが亡くなったって聞いた時は、ますますやべぇと思ったんだけどな。でもお前はなんでか大丈夫そうだった――あの人が、そうさせたんだな」

影の中にいる佐伯は、またわずかに笑って話す。

あの場で見た、僕のピンチに駆けつけてくれた彼女の姿を思い浮かべているのだろう。

「……その役目は、あの人が引き受けてくれたんだな。俺でも、桐生さんでもなく」

「佐伯？」

不気味なほど、彼の口ぶりはどこか落ち着いている。

今まで感じたことのない空気に、僕の身は張りつめていた。

暗がりのもと、影にまぎれて佐伯の姿がよく見えない。

笑っている――けれど、表情はすっぽりと闇《やみ》の中。僕は友人の顔を見ていない。

「お前は何を言っているんだ……？」

闇の中で、どんな表情で語っている。

「何を言ってる……か。じゃあその前に質問だぜ」

佐伯は僕の疑念を悟ったのだろう。一歩踏み出し、やや明るい下で言い放つ。

「俺は今、何に見える？」

「――――」

真っ黒だった。

何に見えると訊かれたが、何も見えなかった。

佐伯という男の顔があった場所は、まるで黒いマジックで乱暴に塗りつぶされたような漆黒《しっこく》に満ちていた。

塗りつぶされた顔が嗤《わら》っている。

見えないはずの眼球が僕を見ている。

佐伯という男の顔は存在せず――僕の知らない何者かがそこにいた。

「俺はな、《虚構種》ってやつだ」

驚きのあまり口も動かせない僕に、佐伯は続けた。

「虚構種。この世界に生まれた時から、それは何故かよく知っている。幻想種のこともな」

飄々《ひょうひょう》と話す佐伯の話についていけない……だが、辛うじて拾える情報は……。

「……幻想種を知ってるなら、お前も……管理人なのか?」

「いやいや、そいつはまったく違うぜ波野君よー。だから言ってるじゃねぇか、虚構種だって」

僕は佐伯と話している。だが、気づいたからにはそうじゃない。

目の前の男が僕の知っている親友なのか――脳が理解を拒《こば》んでいる。

「人が夢見たから生まれ、生きているのが《幻想種》だろ? 叶った夢の産物のようなもんだ。でもな、もしも果たされない夢があるとすれば、それはどうなると思う?」

どう……って……。

「消えると思うか？　消えねーこともあるのさ。塵屑《ごみくず》になっても、時にはこの世界に留《とど》まる場合もある……虚構種っていうのは──人間の果たされなかった夢と末路の結晶だ」

だから、だから何だと言う。

それが、僕の親友に関係があるのか。

「ある。ま、早い話……虚構種っていうのはただの妄想。幻想種のまがいもの。《なあなあ》な存在なのさ。幻想種と違って、いつか消えちまう期限つき。俺にも来るべきその日が来たんだよ」

佐伯は僕を見た──気がした。

笑っているのに笑っていない。

笑っていないのに笑っている。

そんな、あやふやな黒い顔で。

「そういうわけで俺は消える。だから最後の挨拶に来たんだ」

「お前、さっきから何なんだよ⁉　お前の言ってること、これっぽっちもわかんねぇよ‼」

僕は叫ぶ。本当に、わけがわからない。

僕の知っている親友が虚構種とかで、いやそれ自体もわからないけど、「俺は消える」なんて言われて──納得なんかできるわけがないだろう！

僕は恐怖心なんて抱かず、佐伯に詰め寄って無理やり手を掴んだ。

「……ッ!?」

人間らしい、肉体の弾力などはなかった。

皮膚の下にあったのは紙くずを袋に詰めたような——くしゃりとした感触。

「……わかってくれよ、波野。お別れなんだよ」

佐伯は強引に僕に摑まれた手を引き抜いた。

握られていた部分はしぼみ、まさしく中身をつぶされた袋のようだった。

そして佐伯は一歩後ろに下がって、また影の中に入り込む。


「じゃーな波野？　俺様を探すんじゃねーぞ」


そして、彼は影の中に消える。

追いかけなければという意識が湧いたのは、彼が消えてしばらくしてからだった。

最後の最後、手を引き抜いた瞬間。

佐伯こそが寂しそうに感じられたのは、僕の思い違いだったのだろうか。

③ 虚構がいたいつの日か

中学三年生になったある日だった。

「よう、お前一人か？」

いきなり学校へやってきて、いつの間にかクラスメイト、そして友人となった男。

僕が名乗ると、そいつは勝手に話を進めた。

「波野《なみの》っていうのか。ああ、俺は佐伯《さえき》。この前転校してきたんだ」

「へぇ、それは知らなかったよ。休んでたからな」

佐伯が転校してきた春、僕はちょうど風邪《かぜ》で数日休んでいた。

どうやらこいつはその間に転校してきたらしい。それなのに敢《あ》えて僕に話しかけてくるとはずいぶん変わり者だ。

「変わり者か？　いやいや、なんかピーンときたんだよな。話が合いそうだ」

「……そうか？　僕よりも話が合いそうなの何人もいると思うけど」

「いやいや、こういうのは第一印象だ。俺様の直感は天下一品なんだぜ！」

やけに軽いノリ。そして僕も直感的に思った、会話がテンポよく軽快に進む。

こいつだけの印象じゃない。僕にしたって、それまで出会った中ではかなり喋《しゃべ》りやすく感じた。

「とりあえずよ、先生にお願いして、学校案内はお前にやってもらうことになったから頼むわ」

「待て、聞いてないぞ。というか話を進めるのが早い……じゃなくて、本人の意思はどうした」

それに、そういうことが得意そうな人だったら適任者がいる。昔からよく知る女の子だ。

「女の子ねぇ……あれか、あのカワイコちゃん」

「……古い表現じゃないか？」

「それがわかる時点でお前も相当古いぜ、たぶん」

こちらの指摘に対して、ごもっともな指摘で返されると微妙な気持ちである。

「まま、いいじゃねぇか。頼むわー波野クン」

そして、僕は佐伯とともに校内を見て回った。

三年目になる学校の中なのに、いつもより少しだけ違う風景に見えた。

（………）

泥から這《は》い出すようなまどろみの中で、僕は目を覚ます。

懐《なつ》かしい光景を——夢、か。夢を見ていた。

僕と佐伯が出会った時のこと。忘れもしない、親友との始まりを。

「日向《ひなた》クン、大丈夫？」

そして、飛び込んできた声が今度こそ僕を現実へ引き戻した。

霧雨《きりさめ》セナの顔が頭の上にあり、僕の顔は彼女の胸に埋もれている。というか、また添い寝されていた。

「えっと……日向クン、泣いてたから……」

胸に挟まれている顔は赤面しながら離したが、添い寝されていることには特に抗議しなかった。

抗議してもセナは繰り返すだろうし、それに……彼女の方もまた、悲しそうだったからだ。

僕の辛《つら》さに痛みを覚えている。そんなふうだった。

「……まだ、寝ていてもいいのよ。どうせ今日は休みなんだから」

目の下に押しつけられる柔らかいハンカチ。

涙を吸って、微《かす》かに重くなる。

佐伯との突然の別れの後、放心状態で帰ってきた僕は、玄関口でセナに驚かれた。

『日向クンどうしたの⁉　そんな死にそうな顔——病気⁉　風邪⁉』

涙を零《こぼ》しながら本気で心配する彼女に「大丈夫」としか伝えられなくて、僕は支えられて自室のベッドにもぐりこむことしかできなかった。

そして時間をかけて、たどたどしい口調で経緯《いきさつ》を語ったのだ。

「それにしても虚構種か……まさか、日向クンのお友達がね」

「正直、そんな話を聞かされてもよくわかりません。セナさん……どういうことなんですか？」

あいつは幻想のまがいものだとか言っていた。だから、人間ではないのだろう。

「この世は無数の願いで溢《あふ》れてるけれど、全てが叶《かな》って果たされるわけじゃない。時としてそれは、虚構種として生まれるの」

そして虚構種は願われた夢の染《し》みついた場所に溶け込む。

ほとんどの場合誰にも気づかれず、いつしか勝手に消えていくのだと。

「でもあいつが虚構種……とか、なんてやっぱり……」

あいつが存在しなかったものだなんて思えない。

「日向クン、じゃあ質問だけれど……佐伯クンの家とか、名前とか知ってる？」

「家は行ったことがないです。名前って佐伯——」「下の、名前」「それは……」

下の名前……何だっただろう。

いや、家だって知らないうえに、あいつがどっちの方角に帰っていたのかすら覚えていない。

あいつの家族のことだって、たとえば何が好きだったかとかまで――何故《なぜ》、だ？

「どうして、わからないんだ……？」

親友なのに、わからない、わからない？　そんなことってあるのか？

「それこそが、虚構種が虚構種であるが所以《ゆえん》……曖昧《あいまい》でしょ？」

わからない、というよりも曖昧。《なあなあ》な感覚。

最低限のプロフィールしかない。だけど、何故か気にならない。

それはこの世界で存在するには――あまりにもツギハギだらけで。

「……だとしても」

あんな別れ方はないだろうに。あんな一方的で、あんなに好き放題言いやがって。

友達じゃなかったのか、僕らは。お前にとってはそうじゃなかったのか。

「日向クン、残酷なことだけど虚構種はいてもいなくても一緒なの。彼らは世界に大きな影響を与えられず、消えて忘れられていくだけの存在」

「忘れ……？　どういうことですか⁉　僕はあいつを忘れるんですか⁉」

「残念だけれど、そうなるの。あなただけでなく、心音《ここね》ちゃんや学校の人たちもね」

セナ曰《いわ》く、よっぽどでない限り虚構種が世界に痕跡を残すことはできない。

いずれ、なかったことになるのだという。

「でも……日向クンは諦《あきら》められないのよね？」

「当たり前です！　あんなふざけた別れ方で納得できるわけがない！」

勝手に押しつけて消えていきやがって。これで僕が諦めると思ったら大間違いだ。

「記憶が消えてしまうなら、辛い痛みも消えてしまう。日向クンが彼に会おうとすること自体が意味のないものになるかもしれない。それでも、会いたい？」

何度訊《き》かれても答えは同じだ。

「会いたいです。こんな別れは認めない」

生きているんだ。誰かとの別れなんて当然いつかやってくる。

だが佐伯にはまだ届けられる言葉があると思う。僕は、投げ返してはいないのだ。

「そう……なら一つ提案があるの。佐伯クンに会いたいけれど居場所はわからない……でも、知っている存在がいる」

セナの瞳がきらりと光った気がした。

彼女は口には出さず、『どうするか』を訊いていた。

「教えてください、その誰かを。佐伯に会えるなら、僕はそれを選びます」

「――……うん、わかったわ。じゃあお姉さんに任せておいて！　日向クンは外出の準備、私もすぐに準備するからリビングで待っててね！」

僕の決意を歓迎するように、セナは部屋を出る。

またセナに迷惑をかける。だとしても、彼女を頼るしかない。

じいちゃんは昔言っていた。生きている間には、何かしらが大きく変わる瞬間があると。

人によって少なかったり多かったりするようだけど……僕には、またその時が来たのだろう。

幻想種を知り、幻想種と歩み、虚構種にも触れた。僕はどこまで変わるのか。

「よし」

着替えて歯を磨いた僕はリビングに向かう。どうやらまだセナは来ていない。

(セナさんが外をちゃんと歩けるように助けなきゃな……)

忘れがちだがセナは弱視だ。人よりも見える範囲は狭い。

たとえ慣れた道でもしっかり手助けしなくちゃだけど——うん、果たしてどうなるやら。

(腕とかしっかり持った方がいいのかな？　それだと密着しすぎ？　うーん……)

今から緊張してきた。それにセナはとびっきりの美人だし、余計に……。

(いやいや、そんなこと考えるな。僕は僕らしく、ちゃんとエスコートするんだ！)

その時、廊下の向こうから足音が響いた。

「お待たせ、日向クン」

「セナさん、お待ちしてました」

どうやらご到着のようだ。ちゃんと彼女を助けられるように——。

「……あれ？」

声のする方を見ても彼女はいない。確かに聞こえたはずだが……。

「違う違う、下よ」

「下……？　――え？　えええええええええええっっ!?」

視点を下げた声の方。

「さ、行きましょうか！」

「行きましょうかって!?　いや、セナさん――！」

僕は失礼ながら指を突きつけて叫んだ。


「縮んでるっ!?」


霧雨セナの身長は、小学生並みに縮んでいたのだ。

顔つきも大人のものから、子供みたいに少し丸顔になっているような……。

「どうしたんですかセナ？　……さん!?」

「疑問形!?　あの、ちゃんとお姉さんよ!?」

いやその見た目では信じられない。

服装こそはサイズが違うだけで、普段セナの着ているものとほとんど一緒だが。

「えーっと……吸血鬼だからって言えばいいかしら？　吸血鬼の見た目って不確かでしょ？」

確かにそうだ。それにセナは八十歳以上というし、見た目はあてにならない。

「つまり、セナさんは老いることも若くなることもできるんですか？」

「あんまりおばあちゃんになると、本当に体が重く感じるからしないけれどね。まあとにかく、日向クンの言う通り」

セナは機嫌よく、くるりと回ってみせ——。

「あうっ!?」

こてん、と転んだ。

「セナさん大丈夫ですか？」

「うう……やっぱり慣れない体だからかしら？」

大人から子供になれば、身体的な感覚に様々な違和感があるとは思うけれど……。

「あの、どうして子供の姿に？　いつものセナさんじゃ駄目なんですか？」

「ええ、こればかりは大人の姿じゃ難しいから。とりあえず行きましょうか」

「わかりました。ちなみにどこに？」

僕が問うと、セナはいたずらっぽい微笑みを浮かべた。

「神様に会いに」

日本には八百万《やおよろず》の神という概念《がいねん》がある。自然現象の全てには神様が宿っているという考えだ。

その点を考えれば、僕が見てきた幻想種は時代によっては一種の神様だったと思う。しかしながらセナがことさらに『神様』と呼ぶ相手だ。おそらくは僕が見てきた幻想種とは別格のものなのだろう——そう思っていた。

「……なのに、どこですかここは」

「公園だけれど？」

僕とセナは、丘の近隣にある公園にいた。

神様相手だから神社とかに行くのかと思えば、こんな場所だ。

「はいどうぞ、召し上がれ！」

「あ、えっと……どうも？」

「もう！　もっと真面目《まじめ》にやって、日向クン！」

「真面目にって……おままごとじゃないですか……」

ここは公園。そして砂場。チラホラと遊んでいる子供の姿がある。

僕とセナは、おままごとで遊んでいた。


どこから持ってきたのか、おもちゃの食器にセナは砂を入れて渡してくる。

僕はそれを受け取り、飲食の振りをして――自分でもわかる怪訝《けげん》な面持《おもも》ちを崩せなかった。

「セナさん、これの意味は……」

「静かに。今は、遊ぶことに集中して？」

訊いてみてもこれなのでどうしようもない。

子供になっても、やはりセナの視力は戻っていない様子。

それに慣れない体で普段より危なっかしい。

僕は彼女の動き全てに注意して安全が確保できるようにしていた。ここに来るときも、ずっと手を繋《つな》いで歩いていたくらいだ。

どうにも不思議な気分だったが、彼女をサポートするつもりだったから結果オーライか。

「そういえば……佐伯クンとは、仲が良かったの？」

「……僕にとっては唯一《ゆいいつ》の友達でした」

幼馴染《おさななじ》みの桐生《きりゅう》さんを除けば、僕は今までで友人と呼べたのは佐伯だけだった。

クラスで嫌われているわけではないし、話せない人がいないわけでもないけれど、いてもいなくても構わないポジションに僕はいた。

今思えば――僕の《波野》の血を理解した上で言うのならば、もしかすると僕は幻想種から見れば魅力的であっても、人間から見るとその限りじゃなかったのかもしれない。

だからこそ僕は過去の重きを、失った家族に向けていたし、セナに幻想種のことを言われた時に彼らに対して親しみを感じた。
だけど佐伯は別だった。佐伯という男はただの友人だった。
「二人で七《なな》ツ夜《や》のいろいろなところに行きました。夏祭りとか、初詣《はつもう》でにも行きました。あいつ、僕と同じ七ツ夜高校に行きたいって言って……」
記憶に蘇《よみがえ》るのは、中三の大みそかの昼間。
二カ月後に七ツ夜高校の受験を控えた、重要な時期。
《あけましておめでとう、波野君よ》
《あけましておめでとう――いや早いって。明日だ明日》
あの時の会話は今でも鮮明に思い出せる。
佐伯と協力して必死に勉強に取り組み、どうにか合格ラインに持っていっていた。
《感謝してるぜ波野。教室とか図書室で根気強く教えてくれた時間は忘れねぇよ》
《……相当に苦労したけどな！　もう二度とやらないからな！》
ただしこの男、集中力があまり保《も》たないので相当苦労したのである。
「――教室だと窓からグラウンドの野球部に声援を送ったり、図書室ならいつの間にか数少ない漫画を読んでたり、全然真面目じゃなかったですよ」
だから僕らは最後の神頼み、合格祈願で初詣でに来たのだ。元日ではないけれど、一日くらい神様は許してくれるだろうと二人で気軽に笑い合って決めた。

《来年はどういう年になるかねぇ。平穏無事に生きたいぜ》
《さてどうだか。それこそ神頼みだろ》
賽銭箱《さいせんばこ》の前。
ぽつりと呟《つぶや》いた佐伯に、僕はそう言った。
「あいつのどこを見れば平穏無事なタイプなんだか。でも、今思えば……」
あの表情は、心からのものだったのかもしれない。
彼がいつか消えるとわかっていたというのなら。その日を予期していたのならば。
《……高校に上がっても、僕らは同じクラスかな？》
小銭を取り出しながら、ふと僕の頭に過《よぎ》ったのはそんな疑問。
僕にとっての友達は佐伯だけだった。
だから、やはり別クラスになるのは寂《さび》しい――ではない。もっと単純に、嫌だったのだろう。
《わからん。だけど、別々でもそれほど変わらんだろ》
対して佐伯は何も気にしていない様子だった。
ちょっとした温度差に少し残念になったが、次の言葉は違う。
《まあしかし、お前と一緒の方が面白そうだしな。それを――うん、それを願おう。今までと変わらない日々と関係が、高校に上がっても続いていきますようにってな》
賽銭箱へ小銭を投げ入れながら、佐伯は柏手《かしわで》を打った。

「その時、日向クンは何をお願いしたの？」

内容はいろいろと思いついた。佐伯と同じこと、学業のこと、ひっくるめて未来のこと。だけど最終的に神様に伝えたのは一つ。

「――《これ以上何も失いませんように》」

僕はもう満足していた。失ったものへの寂しさは埋められていないけれど、友人のいるこの時間が何よりも心地良かった。

だから、こればかりは奪ってくれるなよと願ったのだ。僕がどうにか構築しようとしている人との繋がりを失わせてくれるなと。

《おし、それじゃあ行こうぜ波野！　今年最後の遊びと洒落込《しゃれこ》もうじゃねーか！》

《その台詞《せりふ》、年明け直後も『今年最初の』ってバージョンを聞く気がするぞ？　わかったよ、行こう》

僕と佐伯は並んで歩きながら鳥居の下をくぐった。

この先の人生は快晴であってほしい。そう思わせてしまう曇り空を眺めながら。

「……いっけね」

思い出すとこれだ。涙が、流れてくる。

思い出せることが多すぎて溢れてくる。思い出せなくなることが多すぎて怖くなる。

本当に忘れ去ってしまうのか？　信じられないことだけど、何故か実感があった。

佐伯を虚構種と認識してから、僕の中にある直感が嘘じゃないと叫んでいる。

散っていく。去っていく。溶けていく。

語り合った親友との無数の日々が――。

「日向クン」

気づくと、僕の視界は薄暗くなっていた。

霧雨セナが、僕の頭を抱きしめていた。

「話してくれてありがとう――本当に大事な友達だったのね」

僕は何も言えず、温かな柔らかさに額《ひたい》を沈めていた。

恥ずかしささえも押しのける涙。堪《こら》え切れない雫《しずく》を、セナは自分の胸で受け止める。

涙が血であれば良かった。血ならば、いずれ乾いて止まっただろうに。

「もう大丈夫、私がついてるから。今度はちゃんと伝えましょう？」

「……はい」

どうにか言葉に出して、意志をはっきりと示す。

そうだ、ちゃんと伝えてやる。別れすら言えないのは、辛いことなんだ――。

「――ねえ、遊んでるの？」

突如《とつじょ》、誰かの声が割り込んできた。

驚くほど――いや、恐ろしいほどに透き通った声だった。

少年か少女かわからない。どちらにせよ、あらゆる人の興味を引きつける《音》であった。

「楽しそうだね、おままごと？　いいなぁ、交ぜてくれない？」

その姿は徐々に近づいてくる。

黒と白の帽子を深くかぶり、長髪を後ろでまとめた子供だった。年格好から、小学校高学年くらいの児童に見えた。

『今はそれどころじゃない』なんて、追い払うことのできない気配。

おそらくはこの子供が——。


「現れたわね、ワラシベサマ」

セナのいう、神様なのだ。


「…………なんじゃ!?　霧雨の吸血鬼か!?　かーっ！　騙《だま》しおったなッ!?」

口調を一気に変えて、その存在は捲《まく》し立てた。

「騙したことは謝罪します。だけど、こうでもしないと現れてくださらないでしょう？」

神様……ワラシベサマと向かい合ったセナは呆れ交じりに息を吐く。

彼女には珍しく、少し面倒そうな声音だった。

「紹介いたします、彼は……」

「ああ、知っとる知っとる。波野の子供じゃろう？　確か日向だったか」

「僕を知ってるんですか？」

「知っているに決まっとるだろうて。ワシは七ツ夜の土地神じゃからな」

土地神……やっぱり神様なのか。

「じいさんの秀継《ひでつぐ》もよく知っとるぞ。何かと悪ガキから誰かを守っておったなあ」

これが神様か。何か、幻想種よりも理解しにくい雰囲気がある。

「日向クン、改めて紹介するわ。この方がワラシベサマ、七ツ夜の土地神様よ。幻想種から神様になった、とてもすごい方なの」

「おう、苦しゅうないぞ、気楽にしてくれ」

「そして、ドがつく小さな子供好き」

「おい、苦しい紹介だぞ？　丁寧《ていねい》にしてくれんか？」

ワラシベサマは本気で嫌そうにセナさんを見ると、砂場の縁《へり》に腰かけて帽子を取った。

長髪がふわりと広がり、どことなく良い香りがする。

「この方は子供と遊んだりするのが趣味でね。だから日向クンとおままごとしてたのよ」

つまりは神様を呼び出すための行為だったのだろう。それにしては、神聖さとはかけ離れてはいたけれど。

「まあ子供好きなのは本当じゃ。ワシは子供の守り神、ちなみに高校生はギリじゃぞ」

「ほら、ドがつくでしょ？」

「……念のため言うとくが、《ろりこん》とか《しょたこん》ではないからの」

セナは物腰丁寧な女性だが、ワラシベサマに関してはその限りではない様子だった。

「しかし、やけに突っかかるのう霧雨の？　数十年も前のこと、まだ怒っておるのか？」

「あの頃は散々やらかしてくれたでしょう？　私は忘れませんよ」

「根に持つやつめ。あの寂しがり屋が大きな口を叩けるようになったものよ」

寂しがり屋と言われたセナはどこか――その言葉通りの顔をして、すぐに消し去った。

ワラシベサマは短く目を閉じると、開いた視線を僕に向ける。

「しかしまあ……よく似ておるな。秀継よりも、あの嘘つきに」

それはとても懐かしいものを見るような目だった。

あの嘘つきというのは間違いなくセナの先生だったという、僕の曾祖父《そうそふ》のことだろう。そんなに似ているのか？

「忘れもせん。あやつがおらねばこの七ツ夜……幻想の楽園は滅んでいただろうて」

「滅んでいた？　そんな大ごとが……？」

いったい僕の曾祖父は何をしたのだろう。

それも土地神様である存在が感謝をするほどに大きなことを……。

「今は別によかろう。それより、ワシを呼んだということは何か用かの」

ワラシベサマは面倒そうな態度ではあったが、しっかりと話を聞いてくれた。

神様という存在はよくわからないけれど、少なくともこの神様は限りなく善のものに思えた。

「なるほど……友人だった虚構種の居場所か」

「ワラシベサマ、お願いします。僕はどうしてもあいつに会いたくて……！」

「うむ、構わんぞ」

ワラシベサマはやけにあっさりと了承してくれる。

驚いたことに、その態度に裏はまったく感じられなかった。

「あの嘘つきにはまだ返しきれん借りがあるのだ」

さっきの大ごとと関連することだろう。

神でさえ返しきれない借りとは、何なのか。

「子孫にそれが少しでも返せるのなら、こちらとしても願ったりじゃ——まあ、待っておれ」

「……！　ありがとうございます！」

僕は首の筋を傷《いた》めるくらい思い切り頭を下げて、感謝を伝えた。

嘘つきに受けた借り——それはまだわからないけれど、顔も知らない過去の存在が僕の手助けをしてくれている。

「良かったわね、日向クン」

「セナさんも……ありがとうございました！」

僕は繋がっている。断ち切れても残っているものがある。

まだ進むことはできるのだ。

「ふむ、見つけたぞ」

「もうですか!?　早いですね……」

「七ツ夜の土地内なら、ワシの掌《てのひら》の上みたいなもんじゃよ。ワシはもともと、風の幻想種じゃからの」

ワラシベサマは脱いでいた帽子を再び深くかぶると、片手の指をくいと動かした。

途端、緩《ゆる》やかな風が背中の方から吹きつけてくる。

「風が押してくれる。身を任せて歩け、そこが目的地じゃ」

「ワラシベサマ……本当に……」

「礼はいい、風がそっぽを向く前にさっさと行くんじゃの。——会えて嬉しかったぞ」

その言葉を最後にワラシベサマは消えた。

背中を押す風に、あとは託したと言わんばかりに。


その場所に着いたのは、日が少し暮れ始めた頃だった。

ワラシベサマと話していた時はまだ日も高かったはずなのに、時間の流れがちょっと速い気がする。

「神様と私たちの時間の感覚は違うからね。私たちが気づいていないだけで、本当は長い間話していたのよ」

元の姿に戻ったセナが語るには、ワラシベサマは人に寄り添う神だから、その差はわずかで済んでいるらしい。そうでない場合、もっと長い時間を奪われるそうだ。

「さてと、日向クン、本当にここで合ってる?」

「はい。……風がやみました」

あまり目の見えないセナの代わりに僕はそれを見ていた。

「佐伯の家……です」

表札に出ている《佐伯》の文字。

普通の空き家——だが、あちこちに傷みや汚れが感じられて、かなり年季が入っていた。

「セナさん、足元気をつけてくださいね?　いろいろ散らばっていますから」

「ええ、ありがとう……」

セナの手を取って、段差などに気をつけて進む。

「…………」

セナはしきりに周囲を観察していた。やはり慣れない場所だからだろうか?

僕は慎重に入り口のドアを開ける。やはり、鍵などかかっていない。

「佐伯……」

家の中は、想像したよりは奇麗だった。埃《ほこり》こそ積もっているが、床が崩れたりしているわけではない。ただただ風化の過程にあるという印象である。

廊下奥はリビングで、中央にはガラス製のテーブル、壁際《かべぎわ》の棚の上には写真が並ぶ。そこには幼い男の子のもの。顔つきに、あいつの面影《おもかげ》があった。

「……？」

何だろう、写真の横には黒く細い綱のようなものがある。引いてみると簡単に手繰《たぐ》れる。それなりに長いようだった。

「……それより佐伯だ」

気にはなるが目的はそうじゃない。ここにいないとすると――二階だ。

「日向クンちょっといい？　上に行くんでしょ？」

「ええ、そうですけど……どうかしましたか？」

「私はもう少しこのあたりを見ておこうと思うの。先に行っててくれる？」

僕は少し迷った。正直に言えば、彼女がいると心強い。

だが階段を上がるのは少し危険だろう。彼女は下にいてもらった方が安全かもしれない。

「わかりました。じゃあ、僕は上に行きます。セナさんは無理しないでくださいね？」

僕はリビングから引き返し、途中にあった階段をゆっくりと登っていく。

床板が軋《きし》む音は怖かったが、目指すものがあると震えはしない。

そして上に着いた僕の目に真っ先に飛び込んできたのは、たくさんのシールが貼られたドアだった。

直感的に理解する——子供部屋だろう。

ならば、だから、つまり。


「……佐伯」

「なんで来るんだよ、波野」

部屋の奥。何もない、何一つない部屋の壁際中央。

俯《うつむ》いたままの佐伯がこちらを睨《にら》んでいた。顔は、黒くはない。

「来るなって言ったのにな。マジで、しつこいぜお前」

「そんなことは言ってても聞かない。お前もわかってるだろ」

僕は少し視線を背《そむ》けて、部屋を注意深く観察した。

本当に何もない。シールが貼られたドアがなければ、ここが子供部屋とはわからなかっただろう。

「……がっかりしたか？　ようこそわが家へ……ってな」

自嘲《じちよう》気味に佐伯は言う。僕にとっては、友達の家というものがそもそも初めてである。

「なあ佐伯、いろいろ訊きたいことがあるけれど……お前は、誰の願いなんだ？」

誰かが願ったものであるなら、願った主《ぬし》がいるはずだ。

僕の友人は虚構種だった。ならば——何の？

「ここまで来られちゃ、話すしかないか。なんかまだ……余裕があるからな」

諦めた様子で佐伯は深く息を吐いた。

「俺はな、自分がどう生まれたのか。どうやってこの家に帰ってるのか……まあ、ほとんどわからん。だけど、《何から》生まれたかはわかる」

彼は立ち上がり、脇にあった窓にごつりと額をぶつける。

今は夏だ。部屋もそれなりに蒸し暑い。だけど、佐伯の吐息《といき》が当たって窓が曇るたびそこだけ寒々しく見えて、冬であるかのように思えてしまう。

「この家にいたのは若い夫婦だ。そして、夫婦は一人の子供を授かった。名前は佐伯《××》」

……今、何を言った？

肝心な部分にだけ激しい雑音が走ったように聞こえなかった。

「あれ、聞こえないのか？　まったく虚構種ってのは……あー続けるぞ？」

佐伯は軽く頭を掻《か》きながら、本当に日常会話のように話し始める。

「事の始まりは七年前ほど前。幸せだった夫婦は、ある不幸に見舞われた。大事な一人息子に、命に関《かか》わる難病が見つかったんだ」

命に関わる病気と聞いて、僕は祖父のことを思い出していた。祖父はほとんど寿命みたいなものだったけれど、去られてしまうと考えただけで辛かった。

その夫婦にとってもそうだっただろう。愛を注いでいた大事な命が——失われようとしているのだから。

「夫婦は苦しんださ。んで、精神を病《や》んだ。そのあとは引っ越していったようだけど……」

佐伯はそこから口を閉ざす。

言わない、のではない。言えない、のであった。

あやふやである虚構種であるが故《ゆえ》に、彼は全てを知りはしない。

「……気づいたら俺はこの家にいた。学校に通うことになっていて、お前に出会ったのさ」

わずかに目を伏せて、佐伯は再び壁際に腰を下ろした。

だらりと力を抜いた姿は、魂を抜かれたとも見える。

ただそんな感想よりも、強く思い浮かんだのは、共感だった。

(——僕と似ている)

ああ、結局僕らは似た者同士なのだろう。

程度はともかく、僕らには世界との繋がりが大してなかった。

僕は両親を亡くし、佐伯は穴だらけの出生。

よりどころとなるものがなかったから、きっと僕らは友人だったんだ。

「その夫婦……ご両親のことは本当にわからないのか？」

「わかんねぇ。……でも推測できることがあるんだよな」

佐伯は顔を上げる。初めて――この部屋に来て、初めて僕を見た。

それはまさしく親友の顔である。だけど、そう思っているのはまるで僕だけだと感じてしまいそうなほどに雰囲気が違って見えた。

「たぶんさ……死んだんだよ、俺」

「……!?」

「虚構種は誰かがとても強く願って、叶わなかった夢《ねがい》だ。この場合の夢なんて想像できるだろ？」

病気の子供を持つ親の願い。そんなのは一つしかないだろう。

「子供の病気が治ること……けどそれだけじゃないんだと思ってる」

きっと僕の覚えている佐伯であれば、こんな話は冗談交じりにおどけて語る。

しかし今の彼はそんな素振りも見せない。

「俺は夫婦の子供だが、きっと……正確には、俺は虚構の《成長した子供》の姿だと考えてるんだ」

「成長した子供……の？」

「夫婦……俺の両親は、願ったんだろうな。逞《たくま》しく健康に成長して、学校に行って、馬鹿みたいに話せる友達ができて。そういう一般的な、よくある姿を願ったんだ」

それこそが佐伯の正体。

本人から言わせれば虚構の姿。果たされなかった願い……夢と末路の結晶。

子供が死にゆくからこそ生まれた強い夢。しかしそれも途絶えようとしている。

「……所詮《しょせん》は妄想。数多《あまた》の人間の願いに比べりゃ、俺なんて張りぼてだ。いよいよ期限切れだったってわけさ。へっへっへ」

なんでだよ。

なんで、こんな時だけ……覚えのある笑い方をするんだお前は。

「さあて話は済んだな。んじゃ、とっとと出ていけ。俺がやるべきことは終わったんだよ」

こんな、本当に何もなくなるような――。

「ふざけんな！」

一方的に、勝手なことを言いやがって。

僕のことを何も考えていないじゃないか。

「ふざけてなんかいねぇよ。合理的に考えろや、波野」

「！」

佐伯は怒りを込めた口調で僕の胸ぐらを摑《つか》んだ。

初めて見る表情。初めて見る、友人の怒り。

「虚構種が消えちまえば何もなかったことになる。俺がいたことなんて、勝手に埋め合わせされて修正されていく。わかるか？　お前が俺に怒っても、何もかも無駄なんだよ」

「無駄って……だけど……！」

「ゴタゴタうっせぇんだよ!!　喋ることなんて何もない!!　俺はお前なんかとは――!!」


「――そこまで」


止めどない言葉の応酬を、その声が貫《つらぬ》く。

苛立《いらだ》ちに満ちた空間に氷の塊《かたまり》が放り込まれた気がした。

その一方で、願っていた助けのような気もした。

霧雨セナが、そこにいた。

「あんたは……確か波野の……」

「そう、お姉さんよ」

いや、それは完璧《かんぺき》な答えじゃあないけれど……。

「初めまして佐伯クン。私は霧雨セナ、幻想種を守る管理人をやっているわ」

「……えーっと、じゃあ……その管理人さんが何の用っすか？　それに波野のお姉さんなら、こいつを連れて帰ってくれませんか？　すっげぇ目障《めざわ》りなんで」

掴まれていた胸倉を乱暴に突き放され、僕は入り口のセナの所まであとずさりした。

さっきまで絞め上げられていた息苦しさから解放されたが、同時に開いた距離が物悲しい。

「残念だけどそれはできないわ」

「……どうしてっすか」

「簡単なことよ。あなたは、嘘をついているから」

嘘だと言われて、佐伯は目を細める。

そこにどんな想いがあるのか、僕には汲《く》み取れない。

「嘘だって？　いや、これは本心っすよ」

「いいえ、違う。それならどうして日向クンに話してくれたの？」

消えて何もなくなるのならば――出生のことなんて話す必要はなかった。

なのに佐伯は、僕に事細かに教えてくれた。

「それは……いや、なんつーかっすね……」

セナは少しフラつく足取りでゆっくりと佐伯に近づき、優しく諭《さと》すように言葉を紡《つむ》いだ。

「あなたがまだ自分に嘘をつくのなら構わない。虚構種らしく振る舞うのも当然のことで正しい。でも……少なくとも、あなたに何かを伝えたい友達がいるのは本当のこと」

セナは僕には顔を向けない。

だけど、どんな表情でそう語っているのかは明白だった。

幻想管理人、霧雨セナ。

人と幻想を繋ぎ、助け続けた女性――。

「見捨てないで、あなたのいた時間を。目を背けないで、あなたが作っていた瞬間を。あなたは誰かの想像の産物だったとしても、佐伯クンのやってきたことは虚構じゃない」

足元を確かめながら佐伯に歩み寄ったセナは、片手で彼の肩を摑まえた。

緩やかに首を振り、彼女はその心に問いかける。

「自分の胸によく訊いて。今、日向クンに言っていたことは嘘のままでいいの？」

虚構は虚構。でもそんなことは関係ないとセナは言う。

虚構種として語るのではない。佐伯としての気持ちを教えてくれ――と。

「セナさん……」

セナは僕の呟きには反応しない。

でも訊いてくれている。僕のために――別れのために。

「んなのは……」

「佐伯クン」

セナは佐伯をじっと見つめる。

佐伯はもごもごと口元を動かし、どうにか言い返したかったようだが、結局白旗を上げた。

「……あーっ！　敵《かな》わねぇなあんたには！」

両手で自分の太ももをはたき、悔しそうに頭を掻きむしる。

「いいわけないだろ！　何だよふざけんなよ!?　こんな別れ方の何が俺らしいんだよぉ!?」

轟《とどろ》く叫び。

部屋を行ったり来たりして、彼は全てをぶつけてくる。

「お前もだよ波野!?　そのガラにもないキレっぷり！　そっちもらしくないって！」

「……はぁ？　……はぁ!?　いきなりなんだよ!?　つーかそっちのせいだろ!!」

ガラにもないなんてことは自分がよくわかっている。だとしても、それをさせているのは間違いなくお前だろうに。

もともとお前があんな納得のいかない消え方をしようとしなければ、僕もこんなふうに叫ぶ必要は微塵《みじん》もなかったのだ。

「いやいやいやいやいやー？　違うぞ、2対8くらいでお前が悪いね！　というか俺の心残りの大半がお前だったんだよね！　お前と桐生さん！」

「僕と桐生さんって何だよ！　勝手に心残りにするな！」

「心残りにもなるに決まってんだろ!?　俺の友達はお前だけなんだからさ!!」

「……！」

おいやめろ。

その言葉は、卑怯《ひきょう》だろう。

「……んん!?　ちょっと待て。すっげー恥ずかしいこと言ったんじゃねぇか!?　うわぁ消えたい……もう消えるけど……」

顔を手で覆《おお》う佐伯は恥ずかしさが極まっている様子だった。

恥ずかしいのは僕も同じだ。真っ向からそう言われるのはむず痒《がゆ》い。

「僕と桐生さんって言ったよな。どういうことだ？」

「言葉通りだよ。学校でも言ってたろ？　脈ありだろって」

確かにそう話していたけれど、それと何の関係があるんだ？

「いやそれは……」

佐伯は悩んだ様子で、ちらりとセナの方に目を向けた。

視力の弱いセナはそのわずかな動きに気づいただろうか。だけど、軽く微笑みかけた彼女を見るに、きっと気づいたと思う。

佐伯は一瞬顔を伏せて、かと思えば一瞬天井を仰いで、そして再び僕を直視する。

虚構の中に、確かな決意を灯《とも》して。

「俺は消える。でも、何か残していきたかった」

何か、と想えたこと。それはあり得ぬことだった。

佐伯という男はあくまで、どこかの夫婦が願った虚構に過ぎない。

だから、残すなんて余計なことだ。重荷であるのだ。

だけれど、彼はちがった。

「波野、お前と俺は似てる気がする。ろくによりどころがないし、ろくに友達がいねぇしな」

佐伯が語る短い理由全てに心の中で頷《うなず》く。

やはり似ている。考えていることが全て……同じだったのだ。

「それがわかってるから——お前がどうしようもなく孤独だってわかってるからさ。どうにかしてやりたくなっちまうじゃあねぇかよ」

佐伯は歯を見せて笑い、少し満足げに——目を閉じた。

「だってさ、俺らは友達だっただろ?」

「ああ……そうだよ」

声を出して、答えよう。

黙ってなんかいられない。お前がそう言葉に出してくれるのなら、僕は、そうだと答える。

「自分が消えかけてるって本能的に理解して……けれど、焦《あせ》ったのはそっちじゃない。お前が俺を忘れたら、今度こそ本当に孤独になっちまうって思ったのさ」

だから桐生さんとのことを考えたのか。

僕と彼女の仲を取り持とうと……。

「家族がいないのが俺らの似たところだ。でも他の繋がりがありゃあ話は別だろ？　幼馴染みとか家族同然とかじゃなくて、もっとはっきりとしたやつがさ……」

そう目論《もくろ》んで、佐伯は動いた。

しかし話は予期せぬ方向へ動いたのだ。僕が幻想種に関わるようになり、桐生さんのことを暴いてしまって……そうしているうちに、時間切れになった。

「すっげぇ困ったぜ。やること成すこと全部裏目だもんな？　もっと早めにとりかかっとくべきだったと思ったよ」

肩をすくめ、彼は心から『やれやれ』と言いたげな表情になる。

でも顔つきには不満の色はない。むしろ、晴れやかさすら感じた。

「でも、桐生さん家《ち》の前で事のなりゆきを見守っていたおかげで収穫があった。でっかい収穫が――……あんただよ、霧雨さん」

「えっ、私？」

突然声をかけられたセナは一瞬驚いたようで、首をかしげて佐伯の方を見た。

「あんたが傍《そば》にいてくれたんだ。それがわかって、肩の荷がふっと下りた気がしたんだよ」

この前の部室棟《とう》、そういえば佐伯はそんなことを話していた気がする。

役目はセナが——あの時はわからなかったけれど、今ならわかる。

「波野はもう一人じゃない。俺の親友と一緒にいてくれる人がいる。まだまだやりたいことはあったけど、一番の俺の願いは叶ったんだよ」

佐伯の望みは自分が消えた後の親友の行く末。

最大の心残りは、もうない。

「佐伯、お前は……」

何を言えばいいかわからなかった。

礼を言えばいいのだろう。別れを告げればいいのだろう。

僕が言うべきことなんてたくさんあったのだ。でも、思わずにはいられない。

どうしてこいつなのだ。

親友といっても所詮は他人と割り切れたならば。それくらい身勝手な考え方ができたのなら、これほどまでに苦しまなかったのに。これほどまでに悩まなかったのに——。

「……セナさん、佐伯は消えるんですか」

「残念だけど、もう伝えた通り。消えて……ゆっくりと忘れられていく」

僕は我《わ》が儘《まま》でありたかった。

駄々をこねて可能であるなら、無様をさらしてもやったって良かった。

しかし何をやったって訪れる。幻想になりきれなかった願いとは——消える定めなのだ。

「おいおい、しょげた面《つら》すんなって波野君よー。まったくお前ってやつは……」

呆《あき》れたように自分の額を叩いた佐伯は、その掌を見て言葉を途切れさせる。

不自然に黙り込んだ佐伯の顔面には、真っ黒な手形がついていた。

「……時間がないな」

違う、手形じゃない。

佐伯の上っ面が手に張りついて剝《は》がれたのだ。

その下にあるのは僕がこの前部室棟で見た、漆黒《しっこく》に満ちた何か。

「まあ、これでいい。何があろうとこうなるだけなんだから——そんな顔すんなよ、波野」

「……するに決まってんだろ。お前、本当に人の気持ち考えろよな」

「こんな時まで空気読めって？　そりゃあ無理だ、余裕がない」

ヘラヘラした笑みも、漆黒《しっこく》に塗りつぶされていく。

佐伯という男の肉体は徐々に黒で満ちていた。彼の半身は、もはや人のものではない、溶け落ちていく《何か》である。

「だからせめて、ちゃんと別れておきたい。良かったな波野、お前には根負けしたぜ？　勝ち逃げされて悔しいったらありゃしねぇ」

「余裕がないくせに、ずいぶん減らず口が叩けるんだな」

「決まってらぁ、その方が俺らしいだろ？」

佐伯は息を吐いて——深く、苦しそうに吐いて——微笑んだ。

「波野、元通りになるだけなんだ。全部、元通りにな」

残った皮膚に滲《にじ》む汗。目じりに光る、零れ落ちた感情。

彼はかけていた眼鏡を外して、力が抜けたように落とした。

「悲しんでいようが、喜んでいようがきっと元に戻る、何もかも良い方向にさ。だから……」

だから、見送ってくれないか？

佐伯の目は語っている。

「……ああ。だけど、さ」

どうなろうが、これだけは伝えておこう。

残された時間の中で、絶対に告げてやると僕が決めていたことを。


「僕は覚えてるぞ」


不可能でも、意味がなくっても。

絶対に消去されてしまう記憶でも。

「……お前、話聞いてた？　虚構種は消えたら忘れられちまうんだけど？」

「わかってるよ。でも、やっぱり……言いたくないだろ」

永遠の別れ。消滅という別離。

だが、わざわざ忘れるなんて認めたくもない。

「お前と僕は親友だ。そんな相手に忘れるって、絶対に言ってやるもんかよ！」

自分でも驚くほど大きな声で叫んでいた。

でも声を大きくするくらいで感情が伝わるなら恥ずかしくもなんともない。

親友に贈る言葉なら——なおさらだ。

「……なるほどな」

佐伯は呆気《あっけ》に取られていた様子だったが、何かを察して静かに漏《も》らす。

「この期《ご》に及んでまだそうやって言ってくれるのか。そうやって覚えていてくれるやつがいるのか。俺みたいな虚構にすら……涙を流してくれるやつがいるのか……」

「ッ!?　泣いてなんかいないぞ!?」

慌《あわ》てて目元を拭《ぬぐ》う。いや、涙を流してなんかないはず——だと思う。

「うっせ、うっせ。バーカ、泣いてるじゃねぇかよ波野君」

「泣いてねーし！　つーか、わかってるか!?　お前も今泣いてるぞ！」

「はぁー？　泣いてないからさー？　おいおい、自分の恥を押しつけるってそりゃあないぜぇ波野よぉー？」

おい嘘つけよ。残ってる方の目を慌てて拭《ふ》いてるじゃないかよ。

「あいやいや、これは脂汗《あぶらあせ》だよ！　そしてお前は涙！　理解したか？」

「おーしわかった。お前今から泣かしてやる。絶対泣かすからな」

「ハッ、やってみろよ。お前なんか俺の指先一つでダウンだぜ。ははは——……」

笑い声がしぼんでいくと同時に、僕は佐伯の姿が徐々に小さくなっていくのに気がついた。

今の佐伯は、四肢だけがまるで影のようになっていた。存在を失いつつある虚構種の体は端から黒いひびが入るように消えていく。

ひび割れ、散り散りになり、消える。

消えた後には、痕跡すら残っていなかった。

「……ありがとよ、波野」

「佐伯？」

「それしか言わない。それだけしか言えない。でも、ありがとな」

言い終えると、佐伯の表情に亀裂《きれつ》が走った。

僕はそこで——僕もそこで、やっと《終わる》ことを認める。

不思議と、もう涙は出なかった。虚構だからか？

不思議と、もう怒りは湧かなかった。虚構だからか？

不思議と、もう悔しさは滲《にじ》まなかった。虚構だからか？

不思議と、これ以上余分な言葉は思いつかなかった。——友達だから。

「じゃーな、波野よ」

「おう、じゃあな……じゃあ、な……」

そして、彼の体は完全に消えた。

また遊び行こうぜと続きそうな、代わり映《ば》えしない別れ方で。


何かが過ぎ去った部屋の中で、僕は立ち尽くしていた。

言葉を届けられた達成感。かなり苦労してやりとげたことだったのに、どこか希薄に感じてしまう。

ここには親友がいた。僕は初めて家に来た。

——でも、だけど、感傷に浸《ひた》るわけでもなく。

「…………」

僕は拭った涙の存在さえ疑う。

泣くほどのことだったのか？　そんなに悲しいことだったのか？

全ては元に戻る。

この数年間存在していた繋がりも、そこに続く想いも。

(寂しさすらも——)

心に去来するのは、痛みのない空白。

いずれ何かで埋め合わされる、わずかばかりの余白。

名前も思い出せなくなった友人が去っていっただけの、隙間《すきま》だった。

「日向クン、良かったわね」

「ええ……良かった、んでしょうか」

僕は満足したのだろうか。

正直なところ、わからない。

「ああ、でも……きっと」

心の中にある虚《むな》しさが、この程度で済んでいるのであれば。

僕はおそらく、この薄らいでいく感傷に——満足できていたのだ。

「うん……それは……良かっ————」

「セナさん?　セナさん!?」

言葉が続かず、そのままゆっくりと崩れ落ちるセナの体を、僕は慌てて抱き留めた。

体が熱い。汗もひどいし、呼吸だって荒い。

「いったい何が……セナさん、血が!?」

僕は目を見開いた。

セナは流血していた。怪我《けが》の箇所を探すと、彼女の掌から滴《したた》っていることに気がつく。

「これは……」

ところどころが赤い液体で濡れている黒い綱。その細い綱がか細いセナの指などに食い込み、そこから出血しているのだ。

いや、しかしこの程度で？　一見したところ、傷はそれほど深手ではない。

霧雨セナが苦しんでいる理由は別にある。それが何なのかわからないが、彼女の辛そうな呼吸は止まらない。

「大丈夫ですか!?　今すぐ外に——ん？」

途端、床が傾いて体勢が崩れる。

おかしな話だった。この家は確かに廃墟かもしれないが、床が斜めになるほど傷んではいなかった。

(何だ？　何だ!?　音が……する!?)

まるでそれを契機にして、軋み、歪《ゆが》み、割れていく音が豪快に鳴りだし始めた。

家が倒壊する。僕にさえ容易に理解できた。

「どうしてこんな突然……くそッ！」

無理やりにセナを抱きかかえ、僕は扉を蹴り破った。

彼女を支えながら、どうにか階段を下りていく。

「駄目ね、私も……嘘つきだ」

「セナさん、何を……!?」

嘘つきとはどういうことだ。

彼女は今、何を思っている？

「セナさん、もうすぐ！　もうすぐ外です！」

「……ごめんなさい」

「謝らないでください！　絶対に助けますから――――」


「秀一郎《しゅういちろう》」


呼んだ名前は、誰のものだったのか。

あと一歩、届かなかった安全圏《いえのそと》。

崩落する家の中で、答えは瓦礫《がれき》に埋もれていった。

④ 果てない夢

夢を見ていた。
思い出すことすらないほど薄れた、両親との記憶。
二人で旅行に出かけることになり、僕も連れていってと駄々をこねた時の思い出だ。
玄関を出る二人。追いかける僕。引き留《と》める手。
それ以上体は動かなくなって、父と母は遠く去っていく。
ああそうだ、この手は覚えている。僕を引き留めたのはじいちゃんの――。

『――日向《ひなた》クン』

「セナさんっ!!」
目を覚ました僕は、霧雨《きりさめ》邸の自室ベッドにいた。

窓からの月明かりだけで薄暗いが、どうやらあの世ではなかった。それに怪我らしい怪我もまったくない……が。

「おお、目を覚ましたか」

「あなたは……ワラシベサマ!?」

僕の横にいたのは、なんとワラシベサマだった。

どこからか持ってきた椅子に腰かけ、じっとこちらを見ている。

「念のため向かっておいて良かったのう。あのままでは即刻潰《つぶ》されていたぞ」

潰されていた……なら、やはりあれは夢ではなかったのだ。

ということは僕を助けてくれたのはワラシベサマ？

「そうじゃそうじゃ。敬え、崇《あが》めよ。……ちなみに、霧雨も助けておいたから心配するな」

「良かった……！　ありがとうございます、ワラシベサマ！」

そうか、セナも無事だったんだ……本当に、良かった……。

「まあまあ、子供が死ぬのは忍びない。なんたって子供の守り神じゃからの、ワシ」

威張るワラシベサマはまさしく神様だった。

やけに人間が好きで——かなりおせっかいな神様。

「しかしな、安心するのは早いぞ。霧雨じゃが、助かったといっても容体はあまり良くないからな」

「……えっ？」

僕はここに来てから初めてセナの部屋に入った。

入るつもりなんて最初からなかったけれど――そこは思ったよりも散らかっている。

棚に入りきらない本は床に直置《じかお》きとなり、どこかの国の木彫り細工が壁に寄りかかる。彼女がたまに読んでいる書類は机の上に散らばっていた。

とはいえ、汚いという印象は受けない。敢《あ》えて説明するなら物が詰め込まれた資料室――というのが正しいのかもしれない。

何故《なぜ》か漫画本など、場に相応《ふさわ》しくないものもあるけれど、それもまたセナの性格が出ているということなのだろう。

壁一枚隔《へだ》てた隣の部屋。なのに、僕は何も知らない。

「セナさん？」

そして部屋の主は汗に濡れ、息苦しそうにベッドで寝ていた。

僕は無言で近寄り、彼女の額《ひたい》と髪に触れる。

汗ばんでいるのに体温はそれほど高くない。美しい髪は、弱い月の光の下でも一層輝いて見えた。

「霧雨はかなり無茶をした。よりにもよって、幻想種の身で虚構種が消えるまでの時間稼《かせ》ぎをするとはな」

「無茶？　セナさんは何をしたんですか？」

「虚構種だったのはお前の友人だけではない。あの家もだ」

あの家まで？　つまり虚構種だったのは僕の……——だけではなく、家も？

「家で黒い綱を見たか？　あれは虚構種から漏《も》れ出ている、あれらを存在させる力みたいなものじゃ」

　確かに僕はそんなものをあそこで見た。

「虚構種の消滅は止められん。しかし熟練した管理人は、あの黒い綱を手綱《たづな》のように扱うことで、その場に長く留めさせることができる」

　自分で動けなくなった虚構種を、操り人形の糸の如《ごと》く。

　ならばセナは……。

「霧雨は最後の別れをさせてやりたかったのだろうて。だからこんな無理をした」

　虚構を留めることは、大河の流れに逆らうこと。どんな力ある管理人でも長時間、そんなことをしたら命に関《かか》わるとワラシベサマは続ける。

「半分とはいえ、霧雨は幻想種の身。幻想にとって虚構とは不純物に近い。つまるところ、人間よりも強い影響を受けるのじゃ。それを……二つ分も」

「そんな……」

霧雨セナ。この町の噂《うわさ》であった、伝説の吸血鬼。

目の前で苦しむセナを見て、僕はふと思う。『どうして、そこまで?』と。

セナがこうなったのは間違いなく僕のせいだ。でも、彼女は何故それほど僕のために命を懸《か》ける?

波野とセナは関係があった。セナが僕を引き取ってくれた理由もわかる。

しかし——何故、あなたは。

「ワラシベサマ、どうしてセナさんは僕に優しくしてくれるんですか。だって……こんなのやりすぎです」

声が震える。怒りではなく、呆《あき》れでもなく、悲しみから。

霧雨セナは素晴らしい女性だ。常に笑顔で、支えてくれて、限りない優しさを与えてくれる。

僕の悲しみすらも癒《い》やしてくれた彼女には感謝の言葉では足りない。

故《ゆえ》に……僕は悲しくなる。

「僕のせいで、苦しくなってほしくない……!」

自分のせいで彼女が傷つくのは耐えられない。

だから考えてしまう。こんなにも良き人がここまでして僕を守るのはどうしてなのか。

「ワラシベサマ、教えてください。セナさんはどうしてここまでしてくれるのですか?」

「……そうじゃな。ワシは事の始まりを知っておる。しかし、本人に聞くが一番じゃ」

「何故ですか？」

「家族ならば、じゃ。さて、ワシはそろそろ出ていくとしよう」

　ワラシベサマは、口元だけで笑ってみせて、背《ひた》を向けた。

「良き夜じゃ。吸血鬼に相応《ふさわ》しい夜。思い出に浸るには、特にな」

　言って、姿を消す。

　緩《ゆる》やかな風の渦が去った後、僕はすぐに今のワラシベサマの言葉を思い返した。

　――家族ならば。

「ん、んん……」

「！　セナさん!?」

　意識を取り戻したセナに駆け寄る。

　まだ苦しい様子だが、もう命の危険はないだろう。

「ここは家です。ワラシベサマが助けてくれました」

「そう、なの……。ああ……無事で、良かった……」

　僕は唇を噛みしめた。

　無事で良かったなんて言わないでほしい。僕よりも苦しんでいるあなたに。

「……ごめんなさい、日向クン。汗を拭《ふ》いてくれないかしら。自分じゃ、指先が……痛くて」

「わかりました、待っていてください」

一度タオルを取りに行った僕はどうするべきか迷った。

訊《き》きたいことはある。だけど、今すべきことだろうか……。

「セナさん、お待たせ――っ!?」

戻ってきた僕が見たのは、座って上半身をはだけさせたセナの姿だった。

月明りに照らされる汗の浮いた素肌、吸血鬼の赤く光る瞳。そして、彼女の苦しげな吐息《といき》。

「日向クン、重ねてお願いなんだけど……脱がせて」

「あ……は、はい……」

指が上手《うま》く動かないセナのために、僕ははだけた衣服のボタンを一つずつ外していく。

そうしてボタンが一つ解けるたびに、彼女の白い肌と胸がさらにあらわになっていく。

「下着、も……」

背中側に回った僕は、慣れない手つきでブラジャーを外した。

汗で重くなったそれはいとも簡単に外れて、だけど軽い音を立ててベッドにぱさりと落ちる。

タオルを取り、振り返る。セナはさすがに胸元を腕で隠していた。――だとしても、それは妖艶《ようえん》の一言に尽きた。

ここに来た初日に見てしまったセナの体。あの時は思わず目を背《そむ》けたが……僕の視線は、今度は動かない。

美しかったのだ。目を離せないほどに、僕はセナのその姿に心を奪われていた。

おそらくはこれが……多くの人間が愛した吸血鬼の魔性なのかもしれない。

「日向クン？　あの……早くしてくれると……」

「あ、ああ！　えっと、すぐに！」

ベッドに乗った僕は、染《し》み一つないタオルで彼女の体を拭いていく。

首筋、肩、背中——時折漏れる声が、さらに僕の感情を揺さぶった。

「日向クン、前も……いいかしら」

「……はい」

大きく唾《つば》を飲みそうになるのを堪《こら》え、僕はなるべく見ないように背中側から前面にタオルを当てた。

首元を拭きとり、下へ動かしていくそれはやがて膨《ふく》らみを捉《とら》える。

「んっ……！」

布越しであっても手に伝わる柔らかさは思考を焦《あせ》らせる。そして、さらなるセナの要求が手を震えさせた。

「日向クン、胸の下も……」

「わ、わかりました……」

指先に力が入らないセナの代わりに、膨らみを持ちあげてその下を拭きとる。

必死に柔らかさを意識しないようにそのまま手を動かし続け、やっと彼女の上半身を奇麗にすることができた。

鼓動が速い。血流が、熱せられているようで苦しい。

恥ずかしさとかよくわからない感情で、はっきり言ってとても落ち着かない気分だったけれど——月に照らされた肌に光る汗がなくなったセナを見ると、徐々に落ち着きを取り戻す。

(小さい背中だ……)

思ったよりも小さくて、やはり華奢《きゃしゃ》な体。

本来、一つ目の一撃を受け止める筋力があるのだけれど、細くて弱そうな姿に見えた。

そして、まだ傷の目立つ指先。

興奮は冷めていく。霧雨セナがこの体で、どれほどの苦しみと願いを背負ってここまでやってきたのか。

何故、命を懸けるのか——。

「……日向クン？　……大丈夫？」

僕の手を借りて、新しい服に着替えたセナが、こちらの顔を覗《のぞ》き込んできた。

大丈夫です。そう伝えて誤魔化すには……少し遅れた。

「ワラシベサマに、何か言われていたでしょ？　……私のこと」

「……聞いてたんですか？」

僕が訊くと、セナは頭を押さえながら頷《うなず》く。

まだ辛《つら》いはずだ。無理はしないでほしいが……。

「うっすらと……だけど」

セナは見えにくい目で僕を見る。

この距離でもほとんど見えないはずなのに、心の奥まで見通されている感覚があった。

「……私に、訊きたいことがあるのよね？」

どう言おうか迷った。

彼女にはすぐに休めと伝えられる。むしろ、そうすべきだった。

けれど彼女が僕の心を悟ったように、僕も彼女の心を少しばかり察することができる。

僕が何か言わずとも、セナ自身が話したがっているのだ。

見えぬ瞳の奥で揺らぐわずかな光が、僕に、願う。

「お願いしても、いいですか？」

それが彼女の望みであるならば――僕の選択肢は一つだけだった。

頷いたセナを見て、僕は問う。

「《波野《なみの》》は、何なんですか？」

僕は短い間にこの言葉を聞き過ぎた。

僕に関わるもの全てが《波野》の渦の中にあり、僕はその大渦の中に巻き込まれている。

「じいちゃんが教えてくれなかった話……どうして、じいちゃんは隠したんですか」

僕はもう、そこから逃れる術《すべ》はない。

僕はもう、そこにいると決めたのだ。この場所なら、生きられると信じた。

だから知らなくてはならない。僕が知らず、波野秀継《ひでつぐ》が語らなかった幻想管理人のことを。

「教えてくださいセナさん。いろいろありました、いろいろありすぎました。だから……」

僕の始まりは僕からじゃない。

僕には絆《きずな》があった。祖父から与えられた愛。そして僕を引き取ってくれたセナの優しさ。自分の血と戦いながらも僕のことを好きと言ってくれた幼馴染《おさなな じ》み。そして——そして……。

（あいつが…）

僕の親友。僕にとって忘れがたい日々を教えてくれた、絆をくれた男。

両親も祖父もいなくなって、よりどころとなるものをほとんど失った気がして。だけどこの短い日々は僕に繋《つな》がるものを示してくれていた。

知るのならば今だ。この言葉を言えるのは今だ。

「……長い夜になるわよ。明日は、大丈夫かしら？」

僕は深く頷き、脇にあった椅子に腰かけた。

どんなに長い夜になってもかまわない。

きっとこの夜は、まだ短い僕の人生の中で最も意義と意味のある夜になるだろう。

「それなら……最初に言っておくべきことを一つ。私には変わった力があるの……吸血した人の、断片だけどそれまでの記憶を知ることができる」

「記憶を……？」

「私の体内には……それまで吸った人の記憶が収められているの。たとえば、クローゼットの中にある衣服みたいに——仕舞い込まれている」

僕は無言でセナを見つめる。

この予備知識にどんな意味があるのか、測りかねたのだ。

「その一人が波野秀一郎《しゅういちろう》……秀継の、顔も知らない父親」

あの家の倒壊時にセナが漏《も》らしていた名前だった。しかもじいちゃんの父親ってことは……。

「ええ、あなたの——曾祖父《そうそふ》にあたる人よ」

少し元気を取り戻していたセナは、ベッドの脇に座っていた僕の頬《ほお》を傷の残る指で撫《な》でた。

慈《いつく》しみのような、愛情のような、あるいは別の懐《なつ》かしさを見ているような——混在した顔。

月光の漏れる窓のもとで、穏やかな彼女の顔はさっきよりも魅力的だった。

「嘘つきな私の先生……そして、初恋の人」

「初恋……!?」

「……そんな時代があったの、私にも小さな女の子の頃がね？　そして——私自身が看取《みと》った人でもある」

まさか、と思った。

セナは波野家のことをよく知っている。だけど、まさかここまでとは思いもしない。

「彼について語ることが、きっと……日向クンの知りたい《波野》に繋がる。私の知る限り最高の幻想管理人であり――その役目に殉《じゅん》じた人だから」

僕の知らぬ過去。

僕へと連なる絆の始まりへ、手を伸ばす時が来た。

「これから話すことは、秀一郎の記憶の話。私と秀一郎の出会いから、彼の一生が終わるまでの話」

セナは頬に当てていた手をきゅっと握りしめる。指先だけで僕の頬をなぞりながら、拳を握った手はベッドへと落ちた。

「さあ、長い夜を始めましょうか」

霧雨セナは始める。

盲目になる前の吸血鬼と出会った――男の話を。

世界は広いのだと思い知る。自分のいた日本なんて国は、やはり地球においてはごく小さな一部の地域でしかない。

「どうした？」

「ふー、はー……」

「なんか……呼吸をしておきたいんですよ。この国の幻想種が生きている、命ある場所の」

「日本の管理人はえらくロマンチストだな。っと……名前は、何だっけ？」

「やだなぁ、忘れないでくださいよルイスさん」

「日本人の名前は覚えにくいんだ……。えーっと……」

肩をすくめながら、僕は手を差し伸べた。

もう一度握手でもすれば覚えてくれるだろう。そんな、適当な願いを込めた行動だ。

「波野秀一郎です。次は、覚えててくださいね？」

イギリス。自分の国から見れば、遥《はる》か西側に位置する国だ。

僕……波野秀一郎は日本から幻想管理人としての留学をしに来ていた。この点については、政府の上層部の一部から正式な許可を得ている。

イギリスと日本は今とても微妙な関係だが、幻想管理人の立ち位置は国家間の敵対関係や利害関係から離れるべきというのが周知されたモットーである。

とりあえず、今の僕は現地の幻想管理人・ルイスに案内されて、ある田舎町《いなかまち》のとある森にやってきていた。

「ここ、どんな幻想種がいるんですか？」

「いろいろいるぞ。蛇の生えた鶏《にわとり》とか、長細い針金みたいな猫とかな」

「……あの、もうちょっとわかりやすそうなのはいません？　ドラゴンとか」

「ドラゴン？　ぶ、はっはっはっは！　いねぇよいねぇ！　……すまん、お前の気持ちはわかるが……ああ、最後の報告例が十年以上前だ。ありゃあ、幻想種の中でも希少種だからなぁ」

「希少種……か」

「……絶滅したとは考えたくないがな」

幻想種ではない動物でも、希少なものはたくさんいる。

簡単に言えば珍しいもの、あるいは滅多《めった》に見られないものだが、幻想種においてもそのような認識は当てはまる。ドラゴンなんて有名すぎるものも希少種の部類に入ってしまうのだ。

その存在は有名だ。おそらく後世でも、ドラゴンという名称は知れ渡っていることだろう。

だが……実際に見た者の話となれば、その数は格段に減る。

一説によれば、ルイスの言う通りドラゴンはすでに絶滅した恐れがあるらしい。

その理由としては、ドラゴンのような目立つはずの存在の目撃例がないのはおかしいということだ。だから、絶滅説の信憑性《しんぴょうせい》が高まる。

(そういえば、日本でもいろいろと見なくなったんだよな……うちの国じゃ、龍も最後の目撃例が十数年前ぐらいだったと聞くけど。日本だと神様みたいなものだしな……)

龍もドラゴンとよく似た、もしくはほぼ同一の幻想種だが、僕も母からの伝聞でしか知らない。

語られなくなった幻想種は数を減らすという。日本だと妖怪などが幻想種の代名詞として存在していたが、その一部も話を聞かなくなった。今は管理された区域で細々と生きる妖怪が多い。

(いつかどこかの誰かが妖怪の種類をまとめてくれないかなぁ……それこそ、子供に伝わりやすい絵とかの形だったら言うことないんだけどな)

「おいどうしたシューチロ？　早く行くぞ」

「秀一郎です。ええ、行きましょう」

この夢がいつか叶《かな》うことを祈りながら、僕は森へと踏み込んでいった。

ルイスの話の通り、この森にも多数の幻想種が存在していた。

話に聞いていた針金みたいな猫は会えなかったが、森の中を数十分ほど散策した後——とても美しい池と木々のある場所で、代わりに木の枝を体に纏《まと》った不思議な幻想種に遭遇した。

「ミノムシ……?」

「おい、失礼なことを言うな。あれはこの土地に住む森の人だよ」

「幻想種の原住民ですか……?」

「ああ。地元の人間には精霊や妖精扱いされている。ドライアドによく似た存在だ」

「へぇ。身近なんですね……」

日本でもそうだが、土地によっては幻想種の中でも一際《ひときわ》数の多い種がいる場合がある。

それらを僕ら管理人は人間と同じように原住民と呼び、特に丁寧《ていねい》に関係を持たねばならない。

何故なら原住民がその地の幻想種を取りまとめていたり、詳しい知識を持っていることが多いからだ。彼らの反感を買うのは愚の骨頂《こっちょう》である。

「しかしまさか気づいてもらえるとはな……。俺も直接会うのは数えるくらいしかないのに」

ルイスは驚きの声をもって、あのミノムシのような幻想種を眺めていた。頭から
人の頭くらいの丸い形に、木の枝が全身に張りついた格好。頭からは菌糸のような触角がピは菌糸《きんし》のような触角がピコピコと動き、正面のやや上側にはパチクリとした黒い目がついている。

「これもお前のせいか? すごいな、波野は。さすが有名な家系の出だけはある」

「褒《ほ》めていただいて光栄です。……で、あの方たちですけど」

僕は顎《あご》で軽く原住民の方を示した。

「さてどうするかな……すまん、わからん。あの住民に関する情報がほぼないんだ。ここはとにかく穏便に——って、おい!?」

ルイスの制止も聞かずに僕は原住民の方へと歩きだした。

「と、止まれシューチロ！　迂闊《うかつ》に近寄っては……！」

「大丈夫ですって、わかりますから。この方たちは何もしてきませんよ」

そう、僕にはわかる。

長年管理人として鍛えられた基礎の力か？　それとも僕個人の才覚からくる能力か？　あるいは経験則からくる知識か？

全て否《いな》、否、否、否。

これは、僕の家柄から与えられた力だ。

波野の人間は、ある時からその幻想種が安全か危険かどうかなんて手に取るようにわかるようになる。

どうして？　と訊かれてもわからない。

ただ、僕らの血が教えてくれるのだ。彼らは、友人になれるかどうかということを。

「どうもこんにちは。良い森ですね、とても美しい」

「…………」

森の人は喋《しゃべ》らず（喋れない幻想種なのかもしれないが）じっと僕を眺めていた。

観察している僕を観察している、と言ったところか。だけど不快感や危機感はない。彼らには、攻撃的な雰囲気は感じられなかった。

向こうもどうやって接しようか迷っているのだろう。それなら——そういう時は、こちらから一歩踏み出せばいい。

「初めまして、僕の名前は波野秀一郎と言います。あなたのことを、聞かせてくれませんか?」

幻想種は人が望んだから存在している。彼らに敵意がない限り、僕らの望んだ姿を彼らは見せてくれるのだ。

僕は手を差し伸べる。数秒くらいの間があった後、少しだけ触角がピンと伸びた。

森の人は体を震わせると、腹のような位置から黄色く細長い触手が生えてきて、僕の手に触れる。

触手はまるで絹糸のような手触りだった。森の人はその触手で僕の手をぐるぐると包んでいく。ミシン糸みたいである。

（握手みたいなものなのかなー……?）

僕が首をかしげていると、森の人は触手をほどいて一言「キュー」と鳴いた。

「すごいなシューチロ……」

「秀一郎ですってば」

どことなく愛らしい声に反応したのか、森のあちらこちらから見えなかった森の人が次々と顔を出してくる。

表情からは目の前にいる一人同様、何を考えているか読みとれない――けれど、警戒している素振りはどこにもない。

僕らは幻想種に迎えられたのだ。


森の人との交流は思ったよりも上手くいった。

彼らとは言葉での意思の疎通《そつう》ができない。だから身振り手振りでなんとなくやっていくだけの原始的な交流なのだが、それでも彼らは自分たちの住み処《か》を案内してくれた。

「幻想樹まであるのか……大した力を持っているのだな」

ルイスが驚いたのも無理はない。僕だってこんなものまであるとは思わなかった。

日本でもあれほど高く大きな建物は滅多にない。上に行くほど白く霧がかかっているので全貌はわからないほどだ。

幻想種と人間は同じ世界で共存しているが、時として自分たちの領域……僕らの世界とはまったく隔絶させた、独自の住み処を持つことがある。神隠しの被害にあった子供などはここに来るという。

僕らはそれらを総じて――その多くに大樹が存在するということから――幻想樹と呼ぶのだ。

幻想樹を見るのは僕も初めてだったから、とてもじゃないけど興奮が収まらない。

大樹の中はくりぬかれ、小さな部屋が用意されている。梯子《はしご》の代わりに壁には頑丈なツタが巻きついている。

「シューチロ、移動するか」

「はい。じゃあ……」

その時――だった。

「キュー!!」

足元、巨木の下。僕らがさっきいた地上の方で、森の人が叫んだ。

それに呼応するように案内していた森の人が慌てて走り出す。僕らにじゃれついていた子供たちも親らしき存在に連れていかれ、幻想樹一帯は騒然とした。

「シューチロ、俺たちも行こう」

僕はルイスの提案に頷いて、急いで巨木から降りることにした。

地上へ戻ってあたりを見渡すと、明らかに警戒している森の人たちがたくさんいた。ミノムシのような体は猫の毛が逆立ったように枝が上下している。僕らも同じように警戒しながら、大樹から森の方を見つめる。

「まさかとは思うが、幻想狩りか？」

「わかりません……ルイスさん、何か武器は？」

「ナイフ一本だ。余計な武器を持って歩けば幻想が寄ってこないことくらい、お前も知っているだろう？」

僕らが警戒しているのは幻想狩り……幻想種を狩って、それで得たものを売りさばく業者。あるいは捕まえて珍しい動物として売り飛ばしてしまう者のことだ。

彼らは大概《たいがい》、幻想種から気づかれることはないが、ごく稀《まれ》に偶然遭遇してしまった狩人《かりうど》が騒動を起こすこともある。そのせいで滅んだり完全に姿を消した幻想種だっているくらいだ。

さて、そんなやつらを相手にする場合、丸腰ではどうしようもない。

「ちなみにシューチロ、お前は？」

「……道中で拾った太めの枝が」

「……リーチだけでいえば俺よりマシだな」

呆れられながらも身構えるしかない。

森の人の警戒心は最高潮に達していた、もう、すぐそこにいるのだろう。

「来るぞ」

ルイスの言葉通りに身構える。

さて、何が出てくるか——覚悟を決めていると、出てきたのは予想とはまったく違うものだった。

「待ってルイスさん！　……女の子だ」

僕が走り寄ると、その……小さな女の子は膝《ひざ》から崩れ落ちた。

慌てて抱き留めると生温かい湿り気を手に感じる。背中は血で真っ赤に染まっていた。

「あ、う……あ……」

女の子は息も絶え絶えになっている。よっぽど長い距離を走ってきたのか、そして異常なまでの恐怖を味わってきたように……。

「……？　この子……もしかして」

だが、僕はある点に気がついた。

額に残っていた薄い傷だ。

「シューチロ、包帯だ！　早くその子を手当てしてやれ！」

「いや、ルイスさん……この子……」

僕は息を飲んだ。

「この子、吸血鬼です。傷が――治っていく」

「何⁉」

吸血鬼は、それこそドラゴンと並ぶほどに有名な幻想種だ。

真偽は不明だが、歴史上では吸血鬼だったのではないかと噂される人物も何人かいた。

その話はともかく、吸血鬼はドラゴンと共通している点が一つある——彼らは、絶滅寸前と言われていることだ。

元より、血を飲むことでしか生命を維持できない種族。よほど巧妙にやらないと安定した吸血行為はできない。

結果、幻想種の歴史に名を馳せた吸血鬼にしても最期《さいご》は餓死《がし》という末路を辿《たど》る者が多かったらしい。

しかし、その吸血鬼がここにいる。

「本当なのか？　ただの再生者では？」

再生者とはその名の通り、傷をあっという間に治してしまう種族だ。

「いいえ、この赤い目と傷の治り方……間違いなく吸血鬼ですよ」

再生者の傷の治り方は一風変わっている。傷があったとしても再生者の治癒《ちゆ》は、そ、こ、か、ら、流、れ、出、た、血、液、す、ら元に戻る。一方で吸血鬼の再生では血が戻らない。

「わかったよ、シューチロの話を信じるとして、どうして吸血鬼がここに……。というか本当に子供か？　吸血鬼の年齢は見た目ではわからないというからな」

「そうですね……でも悪いものじゃなさそうです。森の人も、この子には警戒していないようですから」

森の人の注意は未《いま》だに森の向こうに注がれている。この子は、本当に怪我をして逃げてきただけのようだ。

僕は安心する。それなら、胸を張って助けられるから。

「君、聞こえる？　ほら、いいよ」

僕は当然のように首筋を差し示した。

「シューチロ!?　何を！」

「ルイスさん、この子はたぶん子供です。……傷口がまた開きかけている。血が足りてないんだ」

額の傷は薄くなったように見えたが、呼吸が荒くなるたびに閉じたり開いたりしている。この小さな傷だけなら大丈夫かもしれないが、背中の傷からは大量に出血している。

「やめておけシューチロ、吸血鬼に吸われた人間は眷属《けんぞく》になってしまうらしいぞ？」

「そういう話もありましたね。でも大丈夫です、波野家はそういうのに強い耐性があるらしいですし、それに――」

幻想管理人として、大人としてこの子を放ってはおけない。

「血……」

「そうだ、血だ。吸っていいよ。結婚してはいるけどまだ童貞だ、無垢《むく》な血だと体にいいんじゃないかな？」

体にいいかは完全に憶測だし、子供に童貞って伝えるなんて馬鹿げている。心の中で苦笑してしまう。

「だ、め……パパが、だめって……」

「血を吸うのを？　……言いつけを守ることは立派だ。でも、僕にだって立派にやり遂《と》げたいことがある。――君を救うことだ。弱っている人を放っておけるわけないからね」

僕は女の子が首筋に噛みつかないと見ると、自《みず》ら指を噛み切って血を滴《したた》らせる。

血の流れ始めた指先を女の子は愛《いと》しそうに眺めていた。僕は、有無を言わさずそれを彼女の口に触れさせる。

女の子は黙ってその指を舐《な》め始めた。一滴が下に触れると、次には口全体で啄《ついば》むように含む。

「元気出た？」

「……うん」

女の子はコクリと反応する。

よっぽど怖い目にあって、そして傷ついていたのだろう。しかし何があったのか。

その正体は、もう目の前に迫っていた。

「なるほどね」

ああ、実に簡単な答えだ。

獰猛《どうもう》な唸《うな》り声。鋭い牙と鈍《にぶ》い光沢《こうたく》を放つ毛皮。血走った目。

「……オオカミ、か」

恐怖をかきたてる咆哮《ほうこう》に、僕は少女を抱きかかえる力を強めた。

「おいおい、イギリスのオオカミは絶滅したはずだがな……幻想樹の中で生き残っていたのか」

「動物学者なら喜ぶかもしれませんね。いや、冗談を言っている暇《ひま》はないかな」

オオカミの群れは空腹なのか、徐々に包囲を縮めてくる。

このままではまずい。僕らは仲良く、胃の中で混ざり合うだろう。

「縁起《えんぎ》でもないことを……だが、策がない……」

「そうですね。少なくとも僕らにはありません」

僕は、震えて胸にしがみつく女の子を見た。

僕には子供はいない。けれど、必ず守り抜く。

子供は大事にしろって、地元の神様から学んだからな――。

「――でも、彼らならどうでしょうか？」

「彼ら？　……!?」

どうやらルイスも気がついたらしい。

木々の上、草の陰、土の下。

じわりじわりと、気配が近寄る。

気配が集まり、まるで固体となって肌に感じられた。

それを最も知覚できるのは人間よりか……この子たちだろう。

「幻想樹に語り継がれる精霊たち。どうか、お守りください……」

その瞬間、あらゆる気配が空気を揺らした。

木々から叩きつけられる葉が、草をなびかせて吹き抜ける風が、地面から巻き上げられる砂利が、オオカミの群れにまとわりつき、小さな悲鳴を上げさせた。

一匹が逃げ出し、さらにもう一匹が続く。それを何度か繰り返して――僕らへ殺意を向ける存在は消えた。

「お前……すごいな!?　この短時間で幻想種を味方につけたのか!?」

「ちょっと好かれやすいだけですよ。助けてもらえたのは、彼らの優しさからです」

そう、これは彼らの厚意。

僕はただ、お願いをしただけだ。

「とんでもねぇやつだな。さすがは波野の人間ってことか」

だけれど、そう言ってもらえると自分の家柄がやっぱり誇らしくなる。

「……それよりも今はこの子だ。どうするんだ?」

「保護するしかないでしょう。森の人も、同情はしていますけど迷惑そうだ」

森の人は女の子の窮状《きゅうじょう》は察してくれていそうだった。だからこそ助けてくれたのかもしれないけれど、彼女の面倒まで見るかどうかは別問題だ。

僕らは仕方なく幻想樹を出ることにした。とりあえず、彼女の逃げてきた方へと進んでみる。

「……っ」

強く、僕の袖《そで》が引っ張られる。

しばらく進んでいった先の開けた場所で、血を流して事切れた男性の遺体を見つけたのだ。

「お父さんかい？」

ルイスが訊くと、彼女は小さく頷いた。

ルイスは男性の前で祈りを捧《ささ》げると、僕の方へと戻ってくる。

「……傷はオオカミのものじゃない。銃創《じゅうそう》や、刃物による傷だ。たぶん野盗に襲われたんだと思う」

小声で話す内容に僕は目を伏せる。

不穏な世相なのはわかっている。だけど、この子にとっては残酷すぎる仕打ちだ。

「あと、人間だった。……この子が吸血鬼なら両親もそうじゃないのか？」

「パパ、人……」

女の子は絞り出すようなか細い声で教えてくれる。

「昔死んだ、ママが吸血鬼……パパのこと、好きだった……」

僕とルイスは顔を見合わせる。

どうやらこの子は純粋な吸血鬼ではなく半吸血鬼《ハーフヴァンパイア》のようだ。

こんな昼日中なのに歩いていても平気なのはそのせいだろう。

「お嬢ちゃん、身寄りは？」

ルイスが問うと、女の子はふるふると首を横に振る。

「そうか……一人なんだな」

力なく呟くルイスの横で、僕もまた顔を伏せた。

天涯孤独の身になったことは、肉親を失うこととはまた別の痛みである。

「シューチロ……せめて埋葬してあげよう。一度、村に戻って道具を借りてくるよ」

「わかりました。僕も……」

「いや、お前はこの子といてやった方がいい。人間の村や町に連れていっても見た感じ問題はなさそうだが、やはり落ち着くまではやめておいた方がいいだろう」

ルイスに諭《さと》されて、僕と彼女は父親のもとに残った。

この子にとっては辛い現実だろうに、決して目を背けない。芯の強さがある。

「……シューチロ」

「ん？」

「名前、シューチロじゃないのにね」

「ああそうだよ、僕は波野秀一郎。それはルイスの言い間違いさ」

気を紛《まぎ》らわすためだろうか。話題を振ってきた女の子に少し驚きながらも、僕はしっかりと答えることにした。

そういえば、彼女の名前を聞いていない。君の名前は何だろう？

「……セナ」

「セナ？」

「ママが生きてた頃、見たことがある奇麗な鳥の名前だって。だからその名前……パパが」

命を落とした父親を見るセナを、僕はぎゅっと抱き寄せる。

これからこの子はどうやって生きていくのだろう。吸血鬼として、人と幻想種のどちらで時を過ごすのか。

悩むことは多い。だけど、ひとまずは言っておかなくちゃいけない。

「生きてくれて、ありがとう」

「え？」

「ちょっとした代弁みたいなものだよ……きっとさ、この言葉が絶対に必要だと思うから」

あの亡骸《なきがら》を見ればわかる。セナの父親は、娘を守ろうとして無念のうちにこの世を去った。だから彼の届けられなかっただろう言葉をせめて――覚えておいてもらいたい。

「そうなのかな……」

「そうだとも。それより、何かお話でもしないかい？」

「じゃあ……あなたの、住んでるところの話。家の裏にある桜？　っていうのが大きいのね」

「何でわかったの？　あ、そういえばさっきも名前を……」

桜の木はともかく、僕の家の裏にあるというところまで断定できるだなんて。それに名前もルイスの言い間違いしか聞いていないはずだ。

「血を飲んだ人の記憶、少しだけわかるの」

隠し事はできないのかな？　ちょっとばかり難しい子だ。

「……気持ち悪い？」

「ううん、そんなことはないよ」

それは、君の大切な力だ。

僕は否定なんてしない。

「じゃあ、お望み通り家族の話をしようか。それ以外もね」

ルイスが戻ってくるまでの間、僕とセナは肩を寄せ合いながら互いのことを話し続けた。

家族のこと、生《お》い立ちのこと、好きなもの嫌いなもの——話せることは何でも。

やがてルイスが戻ってくる頃には、彼女は眠りに落ちていた。

両親と会える、夢の中へ。


「——これが私と父の別れであり、秀一郎との出会い。どれほどの時間が過ぎ、どれほどの痛みがあろうとも……決して忘れない私の原点」

セナは、月明かりの漏れる窓を見つめたままに言う。

僕はそれを聞いて、顔も知らない曾祖父の姿を思い浮かべた。

波野の血を受け入れ、幻想管理人として生きていた曾祖父。何故だろうか——今の僕は、無性に誇らしい気分がして仕方がなかった。

僕は桐生《きりゅう》さんを、幻想種を助けた。秀一郎も同じだったと聞いて……心のどこかで、自分の行いが正しいと肯定《こうてい》された気がしたのである。

「秀一郎の話はとても面白かった……幻想種のこと、人間社会のこと、そして管理人のこと。……奥さんの話は、妬《や》けちゃったけれどね。敵《かな》わないんだなって」

わずかに笑う。

セナは初恋だと言っていた。だけど、秀一郎の血を飲むと同時に失恋したのだ。そうも言いたくなるだろう。

「セナさん、それからはどうなったんですか？」

僕が興味津々《しんしん》に訊いたから、セナは少し上機嫌に語る。

「それからね……秀一郎は日本へ帰国したの。残された私はルイスの世話になりながら、少しずつだけど人間社会や幻想管理人のことを学んだわ」

「……じゃあ、幻想管理人のことを教えたのは」

「もっと詳しい知識を身に着けたのは日本で波野家に出入りするようになってからだけど、基礎を与えてくれたのはルイスだったわ。……彼のもとで私は管理人見習いとなり――そして、戦争が終わった」

混迷する時代の中でも、管理人たちは幻想種を保護するために奔走《ほんそう》した。

時には敵国の者であっても――ただ一つ、幻想管理人という誇りを胸に、手を繋ぎ続けた。

「あの時代が終わって……私は新米だけど管理人を名乗れるようになっていた。それで、私は日本へ渡ることにした」

「戦後すぐの日本へ？」

「もともと、私も日本に行ってみたかったの。私を助けてくれた秀一郎の育った国や故郷はどんな場所だったのか。彼は……どんな人々と幻想種に囲まれて生きてきたのか……」

夢を見ていたそうだ。

まだ見知らぬ数々の幻想種と出会う夢。新たな世界に飛び込む夢を。

「戦後の日本はとてもひどかった……けれど、七ツ夜《ななや》は不思議なことにほとんど戦災を受けていなくてね？　現地の幻想種たちにとっては、まさに唯一の楽園だった」

荒れ果てた日本。再生への道のりを歩き始めた国。

それは人だけでなく幻想種も同じだった。幻想種もまた、生き残る場所が必要だったのだ。

それが七ツ夜――楽園と呼ばれた土地。

「けれど、セナさん一人で大丈夫だったんですか？　住む場所だって……」

セナの見た目は普通の人からすれば、吸血鬼とはわからないかもしれないが、そうでなくても彼女には日本人離れした美しさがある。嫌でも目立つだろう。

「大変だったけれど、私は波野家と親交の深かった霧雨家に住まわせてもらうことになったの」

「じゃあセナさんの苗字はそこから？」

「ええ……この霧雨から来ているわ。霧雨家の老夫婦は子供がいなかったから、私をまるで本当の娘のように思ってくれて、この家を継がせてくれた。その恩は……一生忘れない」

セナの過去が徐々に見えてきた。彼女も、あの時代を必死で生きてきたのだ。

だが……波野秀一郎はどうなったのだろう。

「彼には会えた……けれど、一つ問題があってね。秀一郎は、病気がちになっていたの」

戦中も日本全国を渡り歩き続けた秀一郎は、この頃ほとんど床《とこ》に臥《ふ》せていた。ただしそれでも、妻と一人息子、多くの知り合いに囲まれて幸せだったそうだ。

「『早く元気になって幻想種に会いに行きたい』。辛そうな咳《せき》をしながら話していた……けれど」

セナは僕の方を向き直る。

「病状が悪化し始めてすぐ……ある事件が起きてしまった」

「事件……？　まさか――っ！」

僕の中で不吉な言葉が連想された。

戦後——事件——僕は聞いたことがある。

この町の人間なら誰でも子供の頃に習う事件。楽園を襲った、唯一の災厄。

「——《七ツ夜の大火》。それが、秀一郎《かれ》の命日だった」


空気が熱い。空が遠い。そんな気が、する。

僕の感覚はそれほどまでにおかしくなってしまったのだろうか。当たり前のことがでたらめのように、嘘のようなことが真実に感じる——反転している。

……ああ、疲れているのだろう。ここに来てから僕は何をやっているのか。

過去の回想をしようか。僕は幻想管理人として多くの幻想種の手助けをしてきたつもりだ。

それが、生きている人々のためになると信じていたからだ。

だけどそんなものさえ——やすやすと——。

「秀一郎！　早く!!」

僕の細くなった腕をセナが引く。そうしてくれるのは嬉しいけれど、僕の足はそれほど速くは動かなくなってしまっていた。

いつ頃からだろうか。何百もの幻想の地を歩いてきて……体がついてこなくなったのだ。

「早くして！　こうなったら担《かつ》いででも——！」

「さすがにそれには及ばないよ。大丈夫……大丈夫だ……」

七ツ夜は凄《すさ》まじき炎に濡れていた。

天から燃えた油が投げつけられたように、視界を眩《まばゆ》い熱が覆《おお》いつくしている。

しかし僕にとってそれらは些細《ささい》なことだった。僕を、僕を苦しませるのは耳をつんざく悲鳴だったのだ。

火炎の中から悲鳴が轟く。それは、水面から何かを求める手の如《ごと》く。

火炎の中から悲鳴が走る。それは、苦しみからどこかへと逃げ出す足の如く。

悲鳴の中から悲鳴が響き、混ざり合う。それは——人と——幻想種の——数多《あまた》の——。

「秀一郎……」

気がつけば、僕は町の外れにセナと来ていた。

周囲には難を逃れた人々がチラホラと見える。彼らもまた、悲鳴のする方を眺めている。

僕の妻子はちゃんと逃げたはずだが……。

「どうなっちゃうの……七ツ夜は、幻想種は……」

「——滅ぶやもしれん」

割り込んだ声に懐かしさを感じた。しばらく聞いていない声だった。

「ワラシベサマ、ご無沙汰《ぶさた》しています」

「霧雨の娘、残念じゃがワシの力ではどうにもならん……ワシ如きの風では、この火を消せん」

「ワラシベサマ、神様の力でどうにかなりませんか!?　だってこのままじゃ七ツ夜が……！」

最近ではセナが会ったと聞いている。まあ、何か大変な目にあったらしいけれど……。

土地神のワラシベサマ。出会ったのは僕が子供の頃だ。

「……痩《や》せたな、秀一郎」

「セナ、ここに火が来ていないのはワラシベサマのおかげだよ。無理をさせてはいけない」

ワラシベサマは言わないが、この神様の力を僕は感じていた。

「気づいていたか……ワシの力の感触など忘れておると思ったがの」

「忘れはしませんよ、僕は絶対に。一度喋りだすと話が長いことも」

よく見ればワラシベサマの衣服の端々は酷《ひど》く焼け焦《こ》げている。それに、なんとなく感じる力には疲労が見て取れた。

「軽口は健在か、秀一郎。……大丈夫じゃ、今は加減しとる」

襲い来る炎から、せめて外の人間は守ろうとしているのだろう。

それに、炎の向こうからの悲鳴がやまないのは、きっと中にいる者たちに風と酸素を送り込んで延命させているからだ。

「空《むな》しいものじゃ……。神になっても、見守る人々がおらんと意味ないというのに」

「秀一郎、本当に策はないの？　だって、このままじゃ……」

そうだ、このままじゃ全てが終わる。

この幻想管理人である波野秀一郎の前で、この楽園は燃え尽きる。

そんなことは──。


「──助けは来るぞぉ!!」


近く、薄闇《うすやみ》の向こうで響く声。

誰とも知れぬ声が、火炎の向こうへ届けられる。

「助けは来る！　だから頑張れェ!!」

それは一人の青年の声だった。この炎の中でも掻き消されないよう、喉《のど》も裂けよというほどの大声で放たれた命の音だった。

「来るの？　助けは……」

「いいや、来ない。七ツ夜の消防団はすでに動いているはずじゃが……こんなものには手も足も出せん」

「なら！　どうすればいいんですか!?　そんなの──」

「……いいや、策はある」

セナとワラシベサマが驚いた顔をする。

そうとも、策はある。ただ一つ——だけ、あったのだ。

「……セナにも協力をしてもらう。ワラシベサマ、風に声を載せて炎の中に届けることは？」

「それくらいなら余裕があるが……」

「なら良かった。セナ、炎の外にいる人たちに駆け回って教えてあげてくれ。『助けは来る』と。そして、叫ばせてやってほしい」

これは、吸血鬼として強靭《きょうじん》な肉体を持つ彼女だからできることだ。

「わかった……秀一郎は？」

「内緒。大丈夫だからほら、早くして——時間がないから」

不安がるセナの背中を押して、闇の向こうへと送り出す。

火災の範囲は広い。彼女でなければならない。彼女にしかできない。

だから、僕は——。

「秀一郎、何をする気じゃ」

棘々《とげとげ》しいほどに辛辣《しんらつ》な視線。

参った、やめてほしい。神様にそんな目で見つめられちゃ怖くて眠れなくなる。

「別に、あれですよ。僕らは助けが欲しい」

あちこちで叫ぶ声が聞こえてきた。

この暗闇と業火の中にさえ埋もれない、悲鳴ではない叫び。

さっき送り出した少女の、走り回る姿が目に浮かぶ。

「だけど人でも幻想種でも力が足りない……なら」

ただ一つだけ残っている。


「数多の虚構《ねがい》を、借りればいい」


僕の視界には、あちこちに散らばる大量の黒い綱が見えていた。

みんなは、奇跡を信じている。

ないかもしれないとわかっていても、嘘だとしても、命はそれを望まずにはいられない。

「ふー……」

深呼吸一つ。歩を進める。

拾い上げると絡《から》みついてくる、黒い綱。

握りしめる一つ一つが虚構種を存在させるための力。微《かす》かな願いの寄せ集め。

この願いは世界に何も残せない。この願いは世界に傷一つつけられない。

だが、これほど集まれば。

「何ということじゃ……」

かき集めた全ての願い。

在《あ》りはせず、在ってはならぬ塵《ちり》の粒。

だとしても塵の山さえ築けたならば――それは、きっと。

「さあ……力を貸してくれ……」

夜の闇の中から、幾人もの影が飛び出していく。

姿は様々。消防服の者、着物の者、子供はいないが老若男女問わず――無数の願いが、火の中へと飛び込んでいく。

「……ワラシベサマ、風は止めないで。僕も……行きます」

まだ足りない。

あの火炎の中に、摑《つか》むべき強い願いがある。

「正気か!? 秀一郎、それは無理に決まっておる！　お前……自分の体がわからんのか!!」

ワラシベサマは憤《いきどお》って……いや、悲しんでくれている。

そうとも、実は僕はもう無事ではない。

視界は揺らぎ、口から血は滴《したた》り、鼓動は暴れ馬のように早鐘《はやがね》を打っている。

虚構種をこの世に留《とど》めること。それは、大河に逆らうようなもので、世界に盾突《たてつ》くことだ。

「ワラシベサマの風で、虚構種の綱を大量にかき集めてください。あなたほどの神様なら見えるはずですよね？」

「見える、できるとも！　だが――だが……！　秀一郎……駄目じゃ……！」

「ありがとうございます。ですが……この方法、しかありません」

僕は幻想管理人だ。人と、幻想種を繋ぐもの。

この楽園を生き、任された者として――やるべきことがある。

「これまで幾多の祖先と幻想種が、この地を守り抜いてきました。だから僕も、その使命を全《まっと》うします。同じになるだけ、です」

最後のつもりで振り返ると、ワラシベサマはもう何も言わなかった。

口元だけを震わせて、目元に何度もしわを寄せて、肩を落とす。

「ありがとうございます、ワラシベサマ」

そして、申し訳ありませんでした。

(あなたは人の神。人が願い、神となったお方)

あなたはその実、どうしようもなく人間を愛している。大人は嫌いといっても、全ての人々を大事に想っている。

そんなあなたにこの決断をさせるのは、非情以外の何と言えましょうか。

だけれど、どうか見送ってください。

「行ってきます」

――火の中に、飛び込む。

思ったよりも歩ける範囲は残されていた。

これは偶然……いや、ワラシベサマの風のおかげだろう。

送り出される風が、命を繋ぐ息が、そして願いの声が届けられている。

「…………」

いろいろなものが見えてくる。

逃げ遅れて建物の倒壊に巻き込まれている人。寄り添い泣き叫ぶ子供、諦《あきら》めてうずくまる誰か。

そんな人には伝えてあげたい。『助けは来る』、もう僕の声にならない声で――。

(この土地に溢れた願い。とても優しい、全ての願い)

誰かを想い、誰かの命を望む衝動。

(大丈夫だ、それは叶う。ほかならぬ君たちのおかげで、果たす)

広い場所に出た。

僕は倒れ伏して、さらに拾い集めていた綱を握り締める。

無数の綱は束となり、持ち切れないものはツタの如く腕に絡みついている。

正直痛い。腕の肉にまで食い込んだ綱は、はっきり言って耐え難い激痛を与えてくる。

（だとしても）

僕は、繫ぐ。

この美しき楽園を。愛しき幻想を。生きるべき人々を。

いつか、僕に続く未来のために――。

「さあ、いくぞ」

僕は渾身《こんしん》の力を込めた。

真っ赤な世界が、暗転した。


空が、遠い。遥《はる》か遠くに、空がある。

夜明けだろうか。薄水色の世界が見える。

僕は森の中にいた――見覚えのある――霧雨邸への道の途中だ。

「秀一郎……」

真横に、セナがいた。彼女も炎に触れたのだろう。美しかった髪は、少し焼け焦《こ》げていた。

「秀一郎……秀一郎……ああ、ああ……」

手が震えている。悲しんでいる。だけど、ああ――僕よりも温かい。

「終わった、のかい？」

僕は自分の声に驚いた。

それくらいに掠《かす》れていて、枯れ木を擦《こす》り合わせた音に似ていたのだ。

「終わったわ……全員、全員助かった。重傷の人もいるけれど……みんな無事なのよ」

そうか、それはとても良いことだ。

苦労した甲斐はあったらしい。

「でも、でも秀一郎……あなたが……あなただけが！」

セナは僕を直視できないようだった。きっとそれくらいに酷い姿なのだろう。

朽《く》ち果てていく、軀《むくろ》同然なのだ。

「どうしてこんなことしたの⁉　私に大丈夫だと嘘を言って、あなたは一人で‼」

やだな、怒らないでほしい。

あれは適材適所だった。もっと上手《うま》い方法があったならば、きっとそっちを選んだと思う。

そうだ、僕は嘘つきだ。世界に存在しない虚構種を使って人々を助けた。

だから、その唯一の嘘以外は――流れに逆らわない。

この大火の終わりは、なるべくしてなったのだ。

「秀一郎、駄目……」

意識が霞《かす》むたび、セナが肩を揺する。

そのたびに、思考はやや明瞭《めいりょう》になるけれど――とても、眠い。あまり、頭が動かない。

「まだ、逝《い》っては駄目……。戻らなきゃ……いけないの」

そうだね、戻らなきゃいけないな。そういう場所がちゃんとある。

でも、遠い。

僕が戻る道にしては、あまりにも遠くなった。

「生きて、生きて秀一郎……ご家族は無事だったのよ？　奥さんのお腹の中のもう一人だって」

ああ、妻と子は無事だったのか……良かった。

そう、妻は妊娠していた。確か、もうすぐ生まれるはずだった。

実にめでたいことだけど。うん、ちょっと、やっぱり、苦しいね。

「秀一郎……！」

──残念だな。

生まれてくる子の顔を拝んでやりたかった。

顔を見て、笑ってやって、教えてあげたかった。

僕がお母さんのことを愛していて、君のお兄さんのことを愛していて、今この時も君を想っていると。

でも、届かないのか。

同じ空の下にすら、まだ存在しない君のもとへは。

「う、うう……ううっ……！」

セナの涙を拭うことはできなかった。

言伝《ことづて》を頼みたいけれど、声すらも出ないのだ。

「……」

………………。

………そうだ。

「……？　秀一郎……」

思いついたことがある。けれど、動かないし動けない。

どうにかセナに伝えられれば――。

「――血を飲んでやれ、霧雨の娘。まだ流れ出しておる」

ワラシベ、サマ……。

「血液を取り入れれば記憶を読めるのだろう？　……飲んでやれ。遺言じゃ」

「遺言って！　そんな言い方しないでください!!」

「ワシがしたくてすると思っておるのか!?」

声を荒らげたワラシベサマに、まだ若いセナは怯《ひる》む……できればいじめないでやってほしい。

「……すまぬ。だが頼む霧雨。いまわの言葉を、代わりに聞いてやってくれ」

よく見えないけれど、ワラシベサマも限界の様子だった。

あの方も一晩中風を操り続けた。疲労の度合いで言えば、とてつもないはずである。

「波野秀一郎」

……何だろう。

「土地神として、幻想種の一つとして心よりの感謝を。ワシはこの恩を忘れはしない」

なんだ、ありきたりな台詞《せりふ》だな。

あなたらしくない……神様、らしく。

「失礼なことを考えておるの？　ふん、最期まで……」

音が聞こえる。ワラシベサマが、踵《きびす》を返したようだった。

「さらばじゃ、この大嘘つきめ」

一陣の風が頭を撫でた。やけに、湿った風だった。

過ぎ去ったものを追うことはできない。だから、やるべきことは残り一つ。

「……秀一郎」

ワラシベサマのおかげだろうか。セナも覚悟を決めてくれたようだ。

僕の指先を、血に塗《まみ》れた指を自分の口へと押し当てる。

「うっ、う、ううう……！」

泣かないでくれ、セナ——これでいい。

今の微かな血に、僕は全てを注ぎ込んだ。

僕の中にある全てを、ありったけ。

「……秀一郎」

……伝わった、かな。

「ええ……覚えていてくれたのね。血を飲むと記憶が伝わる話……」

覚えているとも。

それとも、僕がそんな軽そうなやつに見えたかな?

「思わない。思わないわ……！　でも！　やっぱりこんなのは……！」

伝わってるはずだ。

もう、それは叶うことはない。

「…………」

だから、託すことにした。

この日までの感動を。これまでの想いを。いずれ来《きた》る望みも。

まあ、ドジな話の部分は、できれば忘れてほしいけど。

「秀一郎……」

ぼくの記憶、おもい。守ろうとし続けたかったもの。

君がおぼえていてくれるなら、その身に宿してくれるなら。

たぶん、最良のかないかたになる。

「いけない。でも、そんなことはいけないのよ……こんな別れは……！」

ありがとう、セナ。

でも、だからこそ君につたえられるんだ。

きみに、まかせたいんだ。

とぎれそうなぼくの感情を、すべて、全部、まるごと、とどけて。

「……………」

まよわないで。なかないで。

どうか——一言——答えておくれ。


「…………わかった」


……ありがとう。

「お礼なんて、言わないで。言うのはきっと、私の方だから」

でも、いいたいんだ。

ああ——いえた甲斐があったんだ。あのときのことばが、ほら、ひつようだったろう?

セナ。いきていてくれて——。

「——ええ。ありがとう、秀一郎…………!」

――――。

――。

――。

セナの部屋は、すでに静寂《せいじゃく》に包まれていた。

窓の向こうの森さえ、静けさを保ったまま動かない。

語るのを終えた一人の――少女だった女性を、無音の世界だけが包む。

「……これが、全て」

セナは、涙を頰に伝わせる。

波野秀一郎の願った、その記憶を告げる代償が、それだと言わんばかりに。

「《波野》とは、どこにでもいる人のように家族を愛し、そして幻想を愛した一族のこと。そしてその最たる人が――あなたの曾祖父、波野秀一郎」

霧雨セナが命を救われ、最期に想いを託された人物。

その命が果てる時まで――どうしようもなく、優しき人。

「結局あの日、大火で亡くなったのは一人……波野秀一郎だけ。彼が留めた虚構種たちは、人と幻想種を救いおおせた」

波野秀一郎は、奇跡を成し遂げた。

世界に対してはほんの一瞬。だけれど、確かに大河に逆らった。

彼は——ただ一つの嘘を貫いて。

「秀一郎が目の前で死んで、私は彼の家族からどんな仕打ちも甘んじて受けるつもりだった。でも、赦《ゆる》されてしまった」

波野家の人々は、セナのことを絶対に責めはしなかった。

秀一郎は、役目を全うしただけのこと。むしろ、遺言を届けたことに感謝していたのである。

そういう理屈が、セナを生かしたのだろう。否《いな》、生かさせた……のだ。

「……でも、大変なことは終わらない。秀一郎の長男は流行《はや》り病《やまい》で逝ってしまったの」

あっという間のことだったとセナは回想する。

今でもありありと思い出せる——彼女だけの記憶に刻まれた、痛み。

「そして秀継《ひでつぐ》が生まれた。私は、秀一郎が守れなかったものを守ろうとした。波野家の管理人としての技術や知識を学び、彼のいなくなった穴埋めをできうる限りやり続けた」

そう、それは……。

「彼の意志の通り——彼の願った通り——」

そんな中で、セナの視力は衰《おとろ》えていったという。

原因はまったく、わからなかった。

「もしかするとあの炎……あの大火を見た、トラウマなのかもね」

ストレスによる視力の低下というのは聞いたことがある。——あるいは、彼女に残った秀一郎の死という心の傷がそうさせたのかもしれない。

だが、結果としてセナはこの地の管理人として名を残した。

名を残し、広め、時には全国の幻想種たちを助け続けた。

「でもね、秀継だけは認めなかったの」

顔も知らない父が死んだ理由が、幻想管理人としての役目を全うしたということ。

幼い秀継は、周囲から父の死を誇るべき最期だったと聞かされていたのである。だけど……

彼にとってはそうじゃない。

あくまで父が死んだ原因の一つとしてしか考えられなかったのだ。

幻想管理人だったからこそ、死んでしまったのだと。

「だから、秀継は管理人になることはなかったし、自分の息子や——あなたには語らなかった。この道を行くことが危険だというのを身に染《し》みていたから」

秀一郎は偉大だ。客観的に見れば、彼は正しいことをした。

だけど秀継の立場からすれば、顔も知らぬ父が死に、残された母と過ごした日々がある。

それが間違いとか正しいではない。ただただ、じいちゃんは覚えていたのだ。

「死んでいった秀一郎のこと……そして、視力を失っても管理人だった私を……」

じいちゃんがセナを恨んでいたわけがない。むしろ、気遣《きづか》っていたのかもしれない。父の代わりに役目をやり通す……彼女を。

「……そう、ですか」

僕は、やっと頷き返すことができた。聞きたかったことをほとんど知れたと思えたからだ。

波野家という管理人の一族のこと。

セナが管理人になったこと。

そして何より、僕がここにいる理由――。

「日向クン……」

セナは再び、この話を始める前と同じように僕の頬へ手をゆっくりと近づけてくる。

そして指先でまた触れると、その手をぱたりと落とす。落として、少しだけ名残惜《なごりお》しそうにベッドのシーツをなぞる。

「あなたはよく似ている」

誰に、というのは訊かないでもわかった。

彼女の目には、波野秀一郎の記憶を語っている時の嬉しさが出ていた。

「目の色が、輝きが。眉の動きが、歪《ゆが》み方が。口元の動きが、囁《ささや》き方が。何も、かもが」

懐かしさ、だけではないのかもしれない。

叶わなかった彼女の感情を、少し揺り動かしていたのだ。きっと。

「だから余計に心配だった。あの人に似ている、あの人の血が流れているあなたを……私は、一人になんてさせたくなかった」

それを理由の一つにして、セナは僕を引き取ったのだろう。

セナにとって始まりであった一人の幻想管理人を継ぐ——唯一の子孫。

自分たちを置いて行ってしまった、大嘘つきの。

「もしかしたら、私は……まだ秀一郎の影を追っていたのかもね。とても似ているあなたに姿を重ねて……家族に、なりたかった」

自分が、その域にまで到達できなかった管理人。そして、恋心を抱いた男。

霧雨セナという女性はとてつもなく大きな不幸を背負ってきた。

その始まりは僕と同じで、天涯孤独の身となったこと。

だけどセナは波野秀一郎に救われる。幸運と呼ぶほかない出来事だったが、しかし彼女は満たされることはなかったのだろう。

霧雨セナは欲しかったのだ。ずっとずっと、家族のような繋がりが。

そして、やっとの思いで手に入れかけたものも断ち切られてしまったから——。

「ごめんね、日向クン。こんなこと言っても意味がわからないわよね……」

セナは僕を透かして、誰かを見ていた。もしくは誰かの意志のもとで動いていた。

自嘲気味に話すセナの言葉は、全て本心だろうか？

彼女はただの自己満足だけで僕を引き取ったのか？

言葉通りならイエス。短い経験則で言うならばノー。

あなたはそんな人じゃない。あなたは優しい人だ。僕はあなたを信じている。

僕はセナを肯定できた。思い浮かぶ慰《なぐさ》めが正しいのならば、いくらでも伝えられたであろう。

だけど——。

「ええ……やっぱりわかりません。まだ、整理がつかない」

僕がそんなふうに解釈したとしても、口に出して言うにはまだ子供であり過ぎた。

馬鹿げている。……僕は、こんな時になって我が儘を言いだしたくなったのだ。

自分の過去と、大切な人との別れを真摯《しんし》に語るセナの長い夜を、まだ受け止めきれないと流したのである。

秀一郎は偉大だった。間違いなく楽園を守り抜いた。

けれど彼が最期に託したこと全てを理解しきるなんて——僕には、まだできるはずもない。

「そう……そう、よね」

シーツの裾《すそ》を、セナは弱く握りしめた。

残念、というわけじゃなさそうだった。ある意味で当然だと思っているような口調だ。

「……でも、です」

「え？」

「わからないけれど、別のことならできます」

受け止めきれない――けど。

セナの話してくれた過去や、波野秀一郎の願いはまだ受け止めきれないけれど。

僕には、やれることが一つだけある。

「飲んでください」

僕は襟《えり》を引っ張って、首筋を露出させた。

「日向クン!?　それは……！」

そりゃあ、驚くよね。だけど。

「セナさん、まだ苦しいはずです。……血を飲んだ方が、治りが早いんじゃないですか？」

セナの苦しみは虚構種の影響。ならば……彼女が幻想種らしいことをすれば治るのではないか。

「ええ、そうだけど……でも……」

「構わないんですよ。だってきっと――波野秀一郎《ひいじいちゃん》もきっとこうするでしょうから」

弱っている人を放っておくなんてできない、と。

幻想を愛し、人の願いを信じた僕の曾祖父はいつだってそうするだろう。

もしかしたら、じいちゃんの秀継もそうするかもしれない。

きっとそれが波野の血なのだ。

幻想を愛すると同時に、幻想に愛される。

そしてそれが正しいことだと理解している――不思議な存在。

「でも……駄目よ、やっぱり駄目！　日向クンの血を飲めば……確かにすぐに治るけれどこんなの全然平気だから！　お姉さんのことは心配しないで、こんな気分の悪さなんて明日の朝にはすっかり治まっちゃうから――ひゃう!?」

僕はベッドの上に置かれたままだったセナの手をぎゅっと握りしめる。

セナはさっきよりも驚いて、その目より少し薄い赤みで頬を染める。

「それこそ駄目ですよ、認められません……僕がセナさんに血を飲んでほしいのは、秀一郎と同じことがしたいからだけじゃないんですよ？」

我が儘を続けさせてくれるならば、もう少しだけ話させてください。

「セナさん、ありがとうございました」

僕は一言、前置きとして礼を述べた。

セナは目を丸くしている。それはそうだろう。

この流れで、なんの脈絡もなく――飛び出したのが『ありがとう』だから。

でも、ちゃんと聞いてほしい。

僕が伝えるべきなのは、やはりこの言葉なのです。

「セナさん、ほんの少ししかたってないのに、もうかなり前のような気がしますけど。覚えていますか？　僕がここに来た時のこと」

幻想種に出会って、驚いて、逃げ出して、あなたに救われたこと。

それからクラスメイトの真実に気がついて、幻想種との関係を教えてくれたこと。

でもこれらは結果だ。僕はもっと、根本的なことに目を向けるべきだ。

「セナさん、生きていてくれて、ありがとうございます」

――辛いことに立ち会った。でも、得たものはあった。

あなたがいたから、僕はここにいられる。

あなたがいるから、僕はここで生きられる。

あなたが欠けていたならば、僕はここへ来なかった。

「あなたがいなければ、僕は何もかもを本当に失うところだったかもしれない」

幻想の中には、僕が失った過去との絆が詰まっている。ここに来た時、そんな予感がした。

でも今になってようやく理解できた。中心にいたのは彼女なのだ。霧雨セナは、僕にとっての最も大きなよりどころだった。

波野秀継はそれをよく理解していたからこそ、僕をここへ寄越した。

僕を生かし、背を押してくれる最も大きな存在が誰であるか知っていたから。

僕を最も気にしてくれるのが誰か、を。

（そして、もしかすると――）

あるいは——霧雨セナのため、なのかもしれない。

(……じいちゃん)

あなたは最後の最後で、たぶん同じだった。

やはり秀一郎と同じで、幻想を想う……管理人でした。

「セナさん。あなたのおかげで、僕は生きていける」

時に優しく、ごく稀《まれ》に厳しく。

姉のように接してくれるセナの仕草や表情に、いつしか僕の緊張した心は溶けていた。

消え去った過去への虚無感を、セナの存在や、共に過ごす日々が埋めていた。

霧雨セナのいる世界は、僕のいる世界だ。

幻想の中こそ、僕の生きる道だ。

「僕にはその決心がやっとできた」

セナの話を聞いて、心の中の様々な想いが結びついたのだ。故に僕はこの想いを伝えよう。

「じいちゃんが生きていれば、もしかしたら反対するかもしれませんね」

いいや本音ではきっと、見送ってくれる気がする。

孫もまた、父と同じ道を行くんだな——と。

「だから僕は簡単にわかるつもりもない。それは、まだ無理です」

僕には、もっと伝えたいことがたくさんあるのだから。

そんな生半可な判断で、これからの日々を決定づけたくない。

簡単に選び取って——親友との日々さえ、粗末にしたくはない。

「日向クン、あなた……」

「ええ、僕は——幻想管理人になります」

あなたのようになります。

あなたのような、幻想管理人に。

多くを守り続けてきた、あなたのような誇らしいものに。

あなたがまだ寂しいのであれば、そのすぐそばで。

「だから、これはその一歩ってやつです。セナさん」

「……日向クン」

身を起こしたセナは、まじまじと僕を眺めている。

決意をするには若すぎてちょっとクサすぎたかもしれない。でも、全ては僕の本心だ。

僕はなろう、幻想管理人に。

僕は目指そう、霧雨セナのような幻想管理人に。

僕は越えよう、波野秀一郎が託すことしかできなかった願いの果てを。

(きっと、それが)

本当の本当に——生きる道になる。

まだ未熟すぎるし、弱いし、何もわかっていない青二才だけれど。この意志だけは決して違《たが》えないと胸を張りながら。

それと――。

「セナさん、僕に言いましたよね？『私で良かったのか』って」

幻想種に迎え入れられたあの日に、セナは僕に言った。

僕は彼女に、『ここでなら生きていける気がします』と伝えたはずである。

「あの時は、きっと僕の心はまだ不確かなままだった。決めかねていたんです。でも今なら、胸を張ってあなたに言いますよ」

霧雨セナは、間違いなく吸血鬼であった。

守るべきもののために傷つき、託された意志のままに生きた吸血鬼。

誰しもが彼女をこう呼ぶ、《吸血鬼》《幻想管理人》。

でもその本質は寂しがり屋で、孤独感と心痛の連続だった。

全部を救い切れないという現実を悲しみながらも理解し、残されたものを必死で助け続けた女性だった。

何も変わらない――人間と、何も。美しいものを儚《はかな》み、悲しいものを慈しみ、抱きしめたものを守り続ける人。

だから僕は理解しよう。

霧雨セナは間違いなく吸血鬼であった。

僕が管理人になって守りたいと思った――一人の幻想であると。


「僕はここで生きていきます。あなたが生きている、幻想《せかい》と一緒に」


道は、ここに至る。

知らなかったことを知り、失ったと思った僕を包み込み、世界に隠れ続けた幻想と生まれ続けた虚構の物語は、僕をこの場所へ導いた。

「飲んでください、セナさん。それとも秀一郎みたいに指からの方がいいですか？　その方が飲みやすいとか……」

「いいえ、そんなことはないわ。それより……」

「何ですか？」

「なんか、プロポーズみたいね」

「プ、プロポ……!?　いや、これは……！」

それは幼虫が蛹《さなぎ》になり、羽化をするような――当たり前のこと。

新しい旅立ちを始めた人には必ず訪れる、祝福であり、あるいは呪詛《じゅそ》である何か。

「ふふっ。大丈夫よ、わかってる……。日向クン、吸血鬼がどうして首から吸血することを好むか知ってる？」

「……どうしてです？　皮膚が柔らかいとか……ですかね」

「合理的な意味では当たってるけど、ほんとは少しだけ違うのよ」

けど僕にとっては、間違いなく祝福だ。

「吸血鬼はとても冷たい幻想種だと思われている。ちゃんと体温はあるけれど、まるで氷のような存在だってね」

これは始まりの物語を終えて、続きへ向かっていく物語。

「だから私たちも少なからず影響を受けて、温かいものが欲しくなる。首筋からの吸血って、何故だか温かい気持ちになるのよ？　どうしてかわからないけど、きっと……」

過去を知り、過去を超え、今を進んでいく僕の物語。

幻想管理人の道を進み始めた、僕の出発点だ。


「――きっと、恋をしているように近い距離になるからかもね」

溢れる涙を厭《いと》わず、頬を染めて近づく顔。
首筋に鋭い痛みが二つ。
皮膚の下、赤く熱い感触が脳裏に刻まれる。
人と幻想のうねりの中で——長い夜が明けようとしていた。

エピローグ

Epilogue

「おはよう、桐生《きりゅう》さん」

「おはようございます、ヒナ君……ずいぶん、眠そうですね？」

「まあ、ちょっとね……」

翌日の早朝、いつもより随分と早く登校した僕は教室の前で桐生心音《ここね》と出会った。

角は見えない。目を凝《こ》らせば見えそうだが、する必要はないのでやめることにする。

彼女が変わりなく登校できるようになったのが喜びだからだ。

「というか、ヒナ君って呼び方まだ許可してないけど……？」

「駄目ですか？　駄目って言っても、やめませんけど」

そういえば、この子は結構頑固だった。一度言いだしたらなかなかやめないのだ。

「ヒナ君も『心音』って呼んでくれて構わないですよ？」

「……遠慮しとく」

今の僕には、あくまで桐生さんだ。

心音と呼ぶのは……なんだか落ち着かない。

「むー……まあいいですけど」

ふくれっ面《つら》になった桐生さんから目を背《そむ》けつつ、話題を変える。

「にしても、今日は桐生さんも早いよね。何かあった？」

「んっと、気分転換ですかね」

理由を詳しく訊《き》くと、あの一件以来早めに登校しているらしい。

「一人で、ゆっくりと歩いてきてるんです。歩いて、気にしていなかった景色を見てるんです」

これまでの桐生心音は、鬼であることを自覚すまいと生きてきた。

でもそんな上っ面を捨てて、嫌いだという認識を持ちつつも肯定《こうてい》した。彼女は、それで変わってしまうかもしれない世界を見ようとしているのだ。

親にも友達にも左右されない、桐生心音という一人の存在として。

「……で、どうだったの？」

僕が問うと、桐生さんは首を横に振って明るく言い切る。

「今のところ、何も変わりませんでした。これまで通り、私の目の高さから見たいつもの景色です」

僕より背の低い桐生さんは、満足そうに微笑んだ。

人と鬼は何も変わりないことだってある。その事実が、揺るぎない勇気であるかのように。

「それは良かったね」

「はい。ヒナ君のおかげですね」

今すぐに彼女が自分の中の鬼と向かい合うことはできないと思う。でも、僕は不思議と確信していた。彼女はこれからも、きっと桐生心音として生きていけるだろうと。

両親と親しい友人に囲まれながら、きっと末永く幸せに生きていけるはずだと。

「ところでヒナ君はどうしてこんな早くに？」

「え？　……ちょっとね」

少し、確認がしたかったのだ。

僕の机の近く……あの男がいた場所。

「桐生さん、ここって誰の席だっけ？」

「そこは空席ですよ。何故《なぜ》かずっと」

桐生さんは、違和感なく言い切る。

「じゃあ――……僕と仲の良かった……生徒のこと知ってる？　この前桐生さんにノートを貸してもらう前に、僕に貸してくれたやつがいた気がするんだけど」

「……えっと、わかりません。それにノートは私が一番に貸したと思っていたんですが……」

「……そっか。うん、そうだったね」

その瞬間に、僕の記憶には桐生さんが真っ先にノートを貸してくれた光景が蘇《よみがえ》った。

確かに桐生さんからノートを貸してもらったのだ。それ以外に記憶など――。

（……消えていく）

首を振って、どうにか耐える。

消えていった友の足跡を、まだ忘れないために。

「あの、ヒナ君にも訊きたいことがあるんですけれど……」

「ん、どうしたの？」

「ヒナ君って……霧雨《きりさめ》さんのことが好きなんですか……？」

「ぶっ――!?　ゴホッ！　げ、えほッ!!」

「わああああ!?　大丈夫ですか!?」

驚いて変に噎《む》せてしまった。やばい、とても苦しい。

「はぁ……な、どうして？」

「えっと、なんとなく……女の勘？」

勘って……。ああ、ここはちゃんと言っておかないといけないかな。

「好きは好きだけど……少なくとも、たぶん桐生さんの思っているような『好き』じゃないよ」

――たぶん。うん、たぶん。

今のセナは僕にとって大事な姉のような人と説明するのが妥当《だとう》だろう。

まあ、なんかプロポーズっぽいことをやってしまったみたいだけど……うん、きっと違う。

「そうですか……良かった。もし本当なら、とんでもないライバルですからね」

「ライバルね……」

そういう桐生さんはその——まだ僕のことが好きなのかな？

「ええ、大好きですよ！　……まだ、美味《おい》しそうですけど」

美味しそう、と言った時だけ桐生さんの目の色がかなり変わったが忘れることにしよう。

時間はゆっくりかければいい。それは僕にだって必要なことだから。

「ああ、ところで桐生さん。僕は幻想管理人になることにしたんだ」

そういえば、これは伝えておこう。幼馴染《おさなな》《じ》みならちょっとは驚いてくれるかな。

「……まあ」

まあ、って。いやそんな反応——。

「——すごいですっ！」

「わわわっ!?」

僕が苦笑すると同時に、桐生さんは食い気味にこちらへ詰め寄った。

「とても、素晴らしいことだと思います！　だって、ご家族の仕事を継がれるんですよね!?」

「家族っていうか……ひいじいちゃんの代で止まってたみたいなんだけどね？」

「でもです！　やっぱりとても嬉しいですよ！　ヒナ君ならきっとなれます!!」

そこまで太鼓判を押してくれると、僕も勇気が湧いてくる。

「ありがとう、桐生さん。頑張るよ」

「……はい！　応援してますからね、困ったら何でも言ってください！」

心強い味方だと思う。

彼女も幻想種の一人だが、その中でも人間社会に近しい存在。

その場所に僕の大事な幼馴染みがいてくれるのはとても嬉しかった。

「これはお祝いですね！　ヒナ君、祝杯を上げないと！」

「……さすがに大げさじゃない？」

そんなに喜んでくれるのはいいけれど。

「とんでもないです！　ジュース買いに行きましょう、奢《おご》りますから！」

やけにテンションの高い桐生さんに背を押され、僕は教室を出る。

人気《ひとけ》のない廊下。桐生さんとの短い道行き。

これもクラス男子に見られれば何か言われるだろうか？　――なんて、ちょっと呑気《のんき》に考えているると。

短めの髪型。眼鏡をかけた――賑《にぎ》やかそうな男。

「おー、もしかしてお前らってこの教室の生徒？」

その男は僕たちに気がつくと、不思議そうな顔で近づいてくる。

「はい、そうですけれど……あっ、もしかして転校生の？　今日来るっていう……」

「そうそう！　それ知ってるってクラス委員長？　担任の先生が伝えてるって言ってたよ」

そいつは初対面であることも気にせず、フレンドリーに話しかけてくる。

朝一で学校に来て見て回ったが、さっぱり誰にも会わない。とこっちが訊いてもいないことを、ぺらぺらと並べ立てた。

「はい、私がクラス委員長の桐生心音です。それと、こっちがヒ……波野日向《なみのひなた》君」

「なるほど、よろしく桐生さん。それに波野君？　俺の名前は……」

「――知ってる」

「え？　そうなの？」

「ああ」僕はそう言って「名字だけ」と付け加えた。

「ふーん……でも俺も知ってる気がする。昔どっかで会ったのかな？」

不思議そうに首をかしげる彼は、少しだけ自分のことを語った。

幼い頃に病気にかかり、時には死に瀕《ひん》したこと。

七ツ夜《ななや》に住んでいたが、入院先の関係で引っ越してつい最近ここへ戻ってきたこと。

今はもう、完治していること――。

「まあいいや、とりあえず知り合いができて良かった……あん？　なんだ、泣いてるのか？」

僕はその時、ある想像をした。

あいつが消えたのは願いが途絶えたから……。でも実はそうじゃない。一家が七ツ夜を去って、その結末を知らない願いだけがこの地に残されたからではないか？　だが、ここではないどこかで願いは叶ったのだろう。

病気の子供が命を拾い――逞《たくま》しく、健康に成長したのだ――。

「いいや……欠伸《あくび》だよ」

「人が喋《しゃべ》ってんのに欠伸か。ひってぇやつ」

言葉とは裏腹に、彼の表情は笑って見える。

「まあ、よろしくな」

「うん、よろしく……――」

僕は、慣れた口調で名前を呼んだ。


丘の道を進みながら、森の中を見ていく。

足元の土、木々の隙間《すきま》、空に散る葉っぱの上。どこを見ても、彼らはいた。

通り過ぎる間際《まぎわ》で、彼らは戻ってきた僕に気がつく。そして、一瞥《いちべつ》するとすぐにどこかへ消えてしまう。

「お……」

目の前を光が走り抜ける。ガラスの蜂だ。

(思えば、お前から始まったんだったな……)

あの時は慌《あわ》ててセナのもとへ走ったっけ。でも今の僕は優しく見送るだけだった。

硝子《ガラス》蜂はしばらく僕の周りをうるさい羽音で旋回したあと、すっと森の中へ消えていく。

僕はどこか親し気に消えていった方を見ると、

「……ウゴ」

いた。

「あ、あー……えっと、こんにちは」

セナが一つ目と呼んでいた幻想種。大きな体を、やや猫背気味にして道の上に出てきた。

一つ目は首を動かしながら僕が一人だけということを確認したようで、頭をかるく掻《か》きむしるとじっとこちらを眺めてきた。

「えーっと……」

どうしよう、何を言えばいいんだろう?

いや、でも一つ目は決して悪い幻想種ではないとセナも言っていた。それに――僕も、心の底では彼を怖がってはいない。

「……すみませんでした！」

僕は一歩前に出て、頭を下げた。

「この前は……すみませんでした。突然あなたの住み処《か》に立ち入って、驚かせてしまいました」

今思えば、あそこも幻想樹と呼ばれる一帯だったのかもしれない。

そうなると僕は神隠しにあった……思い起こすととても怖いが、そうなっていたのだ。

とにかく迷い込んだとはいえ、無断で侵入したのだから、謝罪すべきであった。

頭を下げる僕を見て、一つ目の気配はどこか――落ち着いたものになってきている気がした。

「ウゴ」

一つ目は爪をしまい込むように拳を作り、傷つけないように気を遣《つか》いながら僕の肩をつつく。

顔を上げた僕を見た一つ目は、緩《ゆる》やかに瞼《まぶた》を閉じて脇から赤い木の実を取り出した。

「……くれるんですか？」

「ウゴゴ」

丁寧《ていねい》に編まれた草の籠《かご》に入れられた木の実は新鮮で美味しそうに見える。

だけどどうしてこれを？

僕が疑問に思っていると、一つ目はすっと指を僕に向けた。

何のことかは一瞬わからなかったけれど、もしかすると……。

「お祝い、ですか？　僕が管理人になろうとすることの……」

一つ目は、満足げに頷《うなず》いた。

まさかと思うけど、もうかなり広まっているのかな。

ああ、期待が大きい。それなら本当に頑張らなきゃいけない。

「ありがとうございます。セナさんと、大事にいただきます」

「ウゴ」

森の奥へ戻っていく一つ目が見えなくなるまで、僕はその場で手を振っていた。


それなりに長い道を抜けて、ようやく霧雨《きりさめ》邸が見えてきた。

敷地内に入れば、花壇には夏らしくひまわりが植えてある。少しずつ成長を見せている姿に、僕もセナも楽しみで仕方がない。

「……うん？」

そんなふうに考えていると、入り口の鉄柵前に複数の小さな影が見えた。

近所の小学生……それも低学年らしき背格好である。

「……だからさ、絶対嘘だって。いるわけないじゃん」

「でもみんな噂《うわさ》してるよ？　ここ、すっごーい怖い吸血鬼がいるって。目が見えないんだって」

「俺の兄ちゃんも言ってた。でもさー、下の大きな家にもでっかい鬼が住んでるらしいぜー」

「ええ、怖いよ……。ここに来る途中も、目が一個しかない人を見た気がするし……」

「……そんな人いたっけ？」

「とにかくさぁ、ここだよ。目の見えない吸血鬼がいるんだって！」

小学生の男女は、どうやらここに肝試《きもだめ》しに来たようだった。

この土地に古くから伝わる――ある噂の。

「……ふふっ」

僕は思い出し笑いをしながら、ちょっとした多幸感を味わっていた。

こうやっていつまでも変わらないものがある。そういう変わらなさが、きっと幻想種を生き永らえさせてきた。

そうしていると一人の女の子が僕に気がついたようで、一瞬だけぎょっとした後に恐る恐るこちらの方へ寄ってきた。……怪《あや》しい人に見えたのかな。

（髪の毛でも切るべきかなぁ……？）

このぼさぼさした髪型、もう自分の一部みたいなものなのだけれど。

「あの……お兄さん、この家の人？」

僕は一度、すっと霧雨邸の方を眺める。

そして——ややあって、心からの想いを込めて答えた。

「そうだよ。僕は、この家に住んでるんだ」

「兄ちゃんそうなのかよ!?　じゃあさ、じゃあさ！　ここに吸血鬼住んでるの!?」

「違うんじゃない？　だってそんなに怖いのがいたら、このお兄さん食べられてるよ」

「……いや、もしかしてお兄さんが吸血鬼じゃ」

「でも目が見えてる……よね？　お兄さん」

僕は苦笑しながら頷く。

「うん、そうだよ。僕は吸血鬼じゃないけれど……」

これは、もしかしたら幻想種を守ることなのだろうか。

……きっと、そうだと思う。この子たちにとっての夢を守ることは繋《つな》がるはずだ。

(夢を守る……か。ああ、まったく……ちょっとクサいかな？)

だけどこの胸はとても温かい。

何かを守ろうとする感情が、とても尊い——。

「噂通り、この家には本当に吸血鬼が住んでいるんだ」

「えーっ!?　本当なの!?」

「うん、けど怖がらなくていい。あの人はとても優しくて……時々優しすぎることもあるけれど、そういう優しさでずっと誰かを守り続けてきたすごい人だ。この町のものも、日本に住んでるものも、世界のあちこちのものだって助けてきたんだ」

「すごい……ねぇ、すごいね！　吸血鬼！」

「そう、とってもすごいんだ。ちょっとやそっとでは追いつけないくらいに……ね」

彼女の足跡に届くにはどれくらいの時間と経験が必要だろうか。

だとしてもいつか……きっと。

「ねぇねぇ、吸血鬼って何を食べるの？」

「あ、ちょっと待って俺が先！　吸血鬼って強いんだろ？　どのくらい？」

「空って飛べる？」

「歯はとがってる？」

「あはは、そうだね……うん、ちょっとだけ教えてあげるよ」

「あの、お兄さん」

「何？」

「一つ目の……怖い人もいる？」

「え？　あー……ははは……」

吸血鬼についてしばらく語り合ったあと、僕は帰っていく小学生を見送った。

鉄柵に挟まれた門を開けて、霧雨邸のドアの取っ手に手をかける——前に、開いた。

「おかえりなさい、日向クン」

「ただいまです、セナさん」


「やあ、日向クン」

「……って、ハドさんも？」

「ああ、いつもの仕事だよ、いつものね」

杖《つえ》を手にしたセナとハドに、僕は鉢合《はちあ》わせる。

家の中なら杖はいらないはずだから、外に出るつもりだったようだが……ハドの見送りか？

「違うよ、日向クンとあの子供たちが喋っていたからさ」

「出てこれなかったんですか？」

「んん？　それにちょっと付け足さなくちゃね」

ハドが首をふいと向けると、セナが「言わなくてもいいのに」と眉をひそめながらも答えた。

「だって……あんなにやたらと褒《ほ》めるんだもの……」

伏せて上げない顔は、頬《ほお》が真っ赤に染まっている。それほど恥ずかしかったのだろう。

だけどあれは本心だ。それに、セナが怖いなんて噂は打ち消すに限る。

怖い吸血鬼の噂は終わりにし、優しい吸血鬼が住んでいるって内容に変更すべきだ。

「そ、そんなに言う……？」

「ええ、言いますよセナさん」

「おいおい日向クン……なんかセナさんに甘くなりすぎてないかい？　何があったんだ？」

「気のせいじゃないですかね？」

ひそひそ話で訊いてくるハドに、こちらも小声であっけらかんと伝えると、彼は「そうかなあ？」と苦笑する。

「もしかして僕が渡していた資料が役に立ったのかな？　セナさんと仲良くなれたんだね」

「資料ってどういうことですか？」

「いや、セナさんが日向クンにどう接すればいいかって悩んでたからさ。あげたんだ、漫画」

漫画？　……なんだ、なんかとても嫌な予感がするぞ。

「とはいえ僕も人間のことはよくわからないからね。良さげなタイトルのものを選んだんだ」

「あの……ちなみにどんな？」

「えーと、あれは確か……」

ハドは顎《あご》に手を当てて答えた。

「『弟くんの甘やかし方』『お姉ちゃんが世話してあげる』『義理の姉だけどいいですか？』みたいなやつだったかな？」

「あんたのせいかあああああああーッッ!?」

セナが微妙にズレてたり、必要以上に甘やかしてくるのはまさかハドの仕業《しわざ》だったとは。

「おおぉ!?　ちょ、どうしたの日向クン!?」

「まさかの元凶で驚いただけですよ！」

いったい誰が予想するというんだこの事実……。

「う、うーん？　何か問題だったかな？　とりあえず、管理人になること心から応援してるからね！　それじゃ、セナさんもお元気で！　さようならー！」

「あれっ、ハド帰っちゃうの!?　日向クン何を話してたの？」

目を丸くするセナにどう伝えたものか。まあ、漫画の話は伏せておこう……。

「僕がセナさんに甘くなったんじゃないかって話ですよ」

「それは……その通りかも。さっきのもちょっと恥ずかしかったし……」

セナは赤面するが、そんなのはやっぱり気のせいも気のせい。甘くなったんじゃなくて、この家で過ごす心構えが変わっただけだ。

憂《うれ》いを抱えていた僕を、迷うことなく進ませるための揺るぎない羅針盤《らしんばん》。そういうものが、もう心にあるからだろう。

あるいは……これは冗談交じりで。

「セナさんみたいな姉さんがいるから、ですかね」

――なんて、言ってみたりしちゃったりして。……ん？

「セナさん？」

セナは黙ったまま、わなわなと震えだした。突然どうしたのだろう。

「姉さん……姉さん？　姉、さん……お姉ちゃん……」

「あの、セナさん大丈夫……」

あ、なんかホワホワしてるような？

呼びかけようとすると――がばりと、視界いっぱいに胸で覆《おお》われた。

「む、ぐッ!?　セ――セナ、さんっ、苦しい!!」

今度は僕が顔を真っ赤にしてどうにか押し止《とど》めると、セナさんは歓喜全開と言わんばかりに笑み綻《ほころ》んだ顔をしていた。

「――駄目ッ、もう我慢できないっっ!!　今日はお姉さんがいっぱい甘やかしてあげる！　食べたいものある？　お姉さん今から何でも買いに行って作ってあげる!!　何だったらお風呂も一緒に入ってあげるし、寝る時はまたお話を聞かせてあげる!!　お話は何がいい？　私とルイスがゾンビ狩りに出かけた話とかはどうかしら!?」

いや、何ですかそのバイオレンスなチョイスは……。

「ああー!?　そうよね、違うわよね!?　えっと、じゃあ何がいいかしらえーとえーと、あんまり暴れた話はちょっと恥ずかしいし、桐生家の先代と河原で殴《なぐ》り合った話とか関東のサル山でボス猿にうっかり勝って頂点に上り詰めちゃった話とかはさすがに駄目よね……」

……それは少しだけ聞いてみたい気がする。というか、何をやっているんだこの人は。

「とにかくね！　最近の日向クンはずっと大変だったから少しは休んでいいと思うの！　昨日だってお姉さんの話に付き合わせちゃったし疲れているでしょ？　日向クンがリラックスできそうなら子守歌も歌うわ！　これでも幼いころの秀継《ひでつぐ》には評判良かったの!!」

ほとんど見えない目をキラキラと輝かせて、セナは僕の返事を待っている。

どう答えるべきか。どういう言い方をすべきか？　僕はちょっとばかり逡巡《しゅんじゅん》して、ようやく回答を出すことにした。

「わかりました。じゃあ、お願いします」

僕はセナの抱擁《ほうよう》から逃れ、杖を握っていない空いた方の手を握る。

「日向クン？」

「セナさんだって疲れているでしょう？　昨日の今日ですから、人間で言えばまだ病《や》み上がりみたいなものですよ」

だから、休むなら二人一緒だ。

「だって——そう……」

うん、そうだ。

僕は不意に思い出した。
この家に来たばかりの時セナに言われて、でも受け入れることはできなかった言葉。
今なら、この言葉を返してもいいと思う。

「だって、家族ですからね」

見るからに驚き、喜色満面になったセナの手を、今度はちゃんと僕が引く。
全てを受け入れ、全てを超えていこう。
僕の手に与えられ、残された無数の過去との繋がりに温められながら——。

あとがき

物語を読んでいる途中で少し先が気になってしまい、あとがきだけ先に読んでしまおうと考える方はいらっしゃるでしょうか。もしいらっしゃれば、私と似ています。たぶん。

はじめまして、景詠一《けいえいいち》と申します。

このたびは『吸血鬼は僕のために姉になる』を読んでいただき誠にありがとうございます。

本作はちょっと切ないラブコメディです。苦しいことはあったけれど、前を向いて明るく進んでいく人々の物語を書きました。私にとってデビュー作となるのですが、楽しんでいただけましたでしょうか？　そうであればとても嬉しい限りです。

昔から空想癖《くうそうへき》はありましたが、ついにこんな形で出版させていただけるほどになりました。

昔の自分に作家になるぞなんて伝えても信じるでしょうか……？　大学の時くらいなら肩を叩《たた》いて喜んでくれそうですが、それ以前なら怪訝《けげん》な面持《おもも》ちをされて終わりになりそうです。

小説を書こうと思い至ったのはいつ頃だったのかは忘れてしまいましたが、消費者である読者側ではなくて、生産者である書き手側になってみたいなあと考えたのが理由の一つだったのは覚えています。

一時期筆を折りかけましたが、結局目指すところは変わらずに進むことができました。

やはり、創作するのは本当に良いものですね。

さて、この作品には幻想と虚構という二つの存在が出てきます。

どちらにも共通するのは、この世に実在しないこと。そして想像する人間がいなければ存在しないことです。

意味合い的にはこの二つは似ている気がしますが、本作とって幻想とは大勢に認められたものであり、虚構は個人や少数のみにしか認知されなかったものとして扱っています。本編を読み切っていただいた方には、伝わっているかなと思います。

この作品で受賞させていただいたときより以前、私が書いてきたのは間違いなく幻想になれなかった虚構ばかりでした。もしくは、幻想にならせてあげたかったけれど、叶《かな》わなかったものばかりでした。

そういうある種の無念さが、この作品の土台の一つです。

過去に書いてきたものは日の目を見ず消えていくものだけど。確かにちゃんと存在していたのだと覚えておきたい。

続きは書かれることはないし終わった物語だけど。そこで書き連ねた内容は何もかもが消えるわけじゃない。

次に物語を作る時は、そんなものも存在するやつを作ろう……など考えているうちに、「吸血鬼書きたいな……」やら「姉キャラやりたいな……」やらが混ざり合い、結果としてこの物語が生まれました。ごった煮ですね。

作品は自分の子供みたいなもの、と言いますが、やっと私は子供をここに連れてくることができました。これまでは誰にも知られずひっそり消えて行った子供たちですが、どうにか一歩でも幻想の仲間入りを果たせたようです。


最後に、謝辞を。

イラストレーター、みきさい様。描かれるイラストを初めて拝見させていただいた際は、背景までが一つの命として生きているように感じました。どことなく儚《はかな》く、しかし決して悲観的ではない世界観とキャラクターの姿には、一目惚《ひとめぼ》れに近い心境になっていました。

みきさい様が形にしてくださった色彩とキャラクターがなければ、本作の完成は確実にありえません。一人のファンとして、新しいデザインやラフ画をいただけるのは贅沢《ぜいたく》以外の何物でもありませんでした。心よりお礼申し上げます。

担当編集、H様。

当初、方向性の明白でなかった本作がしっかりとした筋道に立つことができたのは、ほかならぬH様のおかげです。

右も左もわからない私のやり方に助言していただいたり、夜分遅くでありながらご連絡をしていただいたりなど、多くの面で助けていただきました。

私がライトノベル作品を執筆するにあたり、作家としての基本を教えていただいたのです。ひとえにお礼申し上げます。

他にも編集部の皆々様、アドバイスをくださった先輩作家の方々、出版に携《たずさ》わっていただいた全ての方、職場で応援してくれていた同僚や上司の方、友人や先輩等々……感謝をお伝えすべき人は大勢いらっしゃいます。この場を借りて、深くお礼を申しあげたく思います。

そして、最後にもう一つ。

この作品の主役である幻想の生き物。彼らを描き、伝え紡《つむ》いできた全ての先人に感謝を。

古い書物で、民話で、図鑑で、漫画で、アニメで、映画で、小説で。あらゆるジャンルで幻想の生物を愛し、幻想の世界を夢みて、描き語り継いできた方々がいなければ本作は生まれませんでした。

人から人へ受け継がれるものは、血筋だとか意志だとかいろいろあるとは思いますが。おそらくそれは幻想の世界も同じのはず。

私が私なりに受け継いできた幻想の世界は、今ここに形となりました。

だからもしもこれから……本作から何かを摑《つか》み取り、そして新たな幻想を創り出す方がいらっしゃるのであれば。それはきっと、とても幸いなことだと思います。

願わくば、これから先も幻想達の世界が生き続けていきますように。

この物語を手に取っていただき、ありがとうございました。

景　詠一

この作品の感想をお寄せください。

あて先　〒101-8050　東京都千代田区一ツ橋2-5-10
集英社　ダッシュエックス文庫編集部　気付
景　詠一先生　みきさい先生

ダッシュエックス文庫

吸血鬼は僕のために姉になる

景 詠一

2020年5月27日　第1刷発行

★定価はカバーに表示してあります

発行者　北畠輝幸
発行所　株式会社　集英社
〒101−8050　東京都千代田区一ツ橋2−5−10
03(3230)6229(編集)
03(3230)6393(販売/書店専用) 03(3230)6080(読者係)
印刷所　大日本印刷株式会社

ISBN978-4-08-631365-0 C0193

ダッシュエックス文庫

モンスター娘のお医者さん
折口良乃
イラスト／Z《ぜっ》トン

モンスター娘のお医者さん2
折口良乃
イラスト／Z《ぜっ》トン

モンスター娘のお医者さん3
折口良乃
イラスト／Z《ぜっ》トン

モンスター娘のお医者さん4
折口良乃
イラスト／Z《ぜっ》トン

ラミアにケンタウロス、マーメイドにフレッシュゴーレムも！　真面目に診察しているのになぜかエロい!?　モン娘専門医の奮闘記！

ハーピーの里に出張診療へ向かったグレン達。飛べないハーピーを看たり、蜘蛛娘に誘惑されたり、巨大モン娘を診察したりと大忙し!?

風邪で倒れた看護師ラミアの口内を診察!?　卑屈な単眼少女が新たに登場のほか、厄介な腫瘍を抱えたドラゴン娘の大手術も決行!!

街で【ドッペルゲンガー】の目撃情報が続出。同じ頃、過労で中央病院に入院したグレンは、ある情報から騒動の鍵となる真実に行きつく。

ダッシュエックス文庫

劣等眼の転生魔術師
～虐げられた元勇者は未来の世界を余裕で生き抜く～
柑橘ゆすら
イラスト／ミユキルリア

劣等眼の転生魔術師2
～虐げられた元勇者は未来の世界を余裕で生き抜く～
柑橘ゆすら
イラスト／ミユキルリア

劣等眼の転生魔術師3
～虐げられた元勇者は未来の世界を余裕で生き抜く～
柑橘ゆすら
イラスト／ミユキルリア

劣等眼の転生魔術師4
～虐げられた元勇者は未来の世界を余裕で生き抜く～
柑橘ゆすら
イラスト／ミユキルリア

眼の色によって能力が決められる世界。未来に魂を転生させた天才魔術師が、魔術が衰退した世界で自由気ままに常識をぶち壊す！

成り行きで魔術学園に入学したアベル。だが最強の力を隠し持つ彼を周囲の人間が放っておかない！　世界の常識をぶち壊す第2巻！

最強魔術師アベル、誰にも心を開かない「氷の女王」に懐かれる!?　一方、復讐を目論むテッドの兄が不穏な動きを見せていたが…？

古代魔術研究会に入会し充実した生活を送るアベル。だが上級魔族が暗躍し、その矛先が夏合宿を満喫する研究会に向けられる…！

劣等眼の転生魔術師4.5
～虐げられた元勇者は未来の世界を余裕で生き抜く～
柑橘ゆすら
イラスト／ミユキルリア

史上最強の魔法剣士、Fランク冒険者に転生する
～剣聖と魔帝、2つの前世を持った男の英雄譚～
柑橘ゆすら
イラスト／青乃《あおの》下《しも》

史上最強の魔法剣士、Fランク冒険者に転生する2
～剣聖と魔帝、2つの前世を持った男の英雄譚～
柑橘ゆすら
イラスト／青乃《あおの》下《しも》

幸せなポーションライフを
空野 進
イラスト／三つ葉ちょこ

転生前のアベルを描く公式スピンオフ前日譚。孤高にして敵なしの天才魔術師が立ち向かった事件とは!? 勇者たちとの出会い秘話も!!

その最強さゆえ人々から《化物》と蔑まれた勇者は再び転生。前世の最強スキルを持ったまま、最低ランクの冒険者となるのだが…？

ギルドの研修でBランクの教官を圧倒し、邪竜討伐クエストに参加したせいで有名人に！一方、転生前にいた組織が不穏な動きを…!?

魔法が使えず実家を追い出された貴族少年は、万能なポーションを生み出す能力を持っていた!? 魔法よりも強大なスキルで快適生活！